AF187235

Ludwig Weibel
Ein und Alles im erhabnen Weltbetrieb
Klarheit herrscht, wo Ich das Szepter führe

Books on Demand

Bibliographische Information der Deutschen Nationalbibliothek. Die Deutsche Nationalbibliothek verzeichnet
diese Publikation in der deutschen Nationalbibliographie,
detaillierte bibliographische Daten sind im Internet über
http://dnb.dnb.de abrufbar.

© 2020 Autor: Ludwig Weibel
Herstellung und Verlag:
BoD – Books on Demand, Norderstedt
ISBN 9783751906074

Ludwig Weibel

Ein und Alles
im erhabnen Weltbetrieb

Inhalt

1

Das Gemurmel der Natur

1.1

Wie ist doch alles was da *ist* ein Spiel von Licht und Schatten, ein Gemurmel der Natur und ein Erfahren von bewundernswerten Lebenssituationen. In einem Nuchen kann sich alles vehement und dauerhaft verändern, was bisher als gesichert und gerundet galt in deinem fabelhaften Weltsystem.

1.2

Ohne jede Willkür scheint das Leben nicht auf seiner Bahn und Billigkeit zu halten sein, denke Ich in Meinem klargesichtigen Benehmen. Nicht erst seit heute ist das so, sondern seit geraumer Zeit, in welcher Meine Zügel straffer wurden und Meine Züge konsequenter in des weltenschaffenden Begehrens.

Motiviert will Ich dich sehn, es mit den Forderungen Ernst zu nehmen, die das Leben an dich stellt, um deine Tüchtigkeit und Weisheit, Bodenständigkeit und Griffigkeit zu prüfen. Kann Ich Mich auf dich verlassen, bist du Mir gut genug, um für Mich anspruchsvollere Projekte, Planungen und Dringlichkeiten auszuführen. Es wird dir Zug um Zug bewusst, wie sehr, was du verrichtest, einem Höheren zugute kommt, das will und will sich selbst verwirklichen in dir.

Damit gehst du goldnen, gottbewussten Zeiten lebensfroh entgegen und benimmst dich wie ein Held des klassischen Gehorsams und der Übereinkunft mit den göttlichen Gebietern, die in sämtlichen Geschehnissen im irdischen wie geisteswirklichen Bereich das grosse Sagen haben.

Hast du, was da abläuft, innig und bewusst verstanden, ist dir alles eine Selbstverständlichkeit, was dir zu tun obliegt und was du tust in Meines Namens Diktion und

Friktion, Pluralität und Seinsbedeutung, lebelang und intensiv.

Ich gehöre keiner Sorte an, weil alles in Mir aufs Trefflichste dem Einen zugeordnet ist, das Ich Mir Bin und dem auch du dich zuzuordnen hast unweigerlich und ohne Murren in des Seins Befehlsstand und Regie. Konsequent und liebevoll, mütterlich und mit herzinnigem Bedacht betreue Ich dich mit den delikatesten Verpflichtungen, die nur gewandte und gelöste, treue und vertrauenswürdige Geliebte Meiner Seinskultur erfüllen können. Dir zur Ehre wird dann freudevoll das Glas erhoben und ein Trinkspruch ausgegeben von des Gottes silberglänzendem Gehalt, wie von seiner Würde deiner zu.

So geht alles seinen wohlgesetzten Lauf in Meiner Hemisphäre des allgöttlichen Gedeihens in den Gärten des Elysiums, durch die zu wandeln denen vorbehalten ist die wissen und gehorchen und das Leben in der Kunst zu wirken und zu sein aufs Gründlichste und Seelenvollste durch und durch begreifen.

1.3

Allsinn zu verbreiten ist Mein Zweck und Ziel. Da kommt Mir Mein Bewusstsein sehr gelegen, weil es weiss, was Myriaden noch nicht wissen und weil, was Ich Bin, unauslöschlich eingeschrieben ist, in Mein Mich-in-Mir-selbst-Bewahren. Das letzte was Ich konstatiert und festgehalten habe, ist so frisch und bildhaft wie das erste und wird es immerwährend bleiben. Das begründet Meine Kontinuität, Kapazität wie Mein bewundernswertes Merkatorium auf eine Art und Weise, die besticht und überzeugt und redlichen ein glorioses Vorbild ist für eigenes kunstfertiges Verhalten.

Bei Mir kann es sich nie um vorgeburtlich oder posthum handeln, weil, was Ich Bin, im Zeitenlosen sich bewegt und zugleich aufs Gediegenste gestillt ist in der Seinslust, die Mir eigen. Nicht Kaprizen sind Mein täglich Brot, sondern äusserst seriöse Überlegungen zu dem, was *ist* und was Ich weiter werden will in Meiner Ganzheit universenweit gesehn.

Mir ist das Wohlerwogene und Abgeklärte lieber als das Hingeworfene, Spontane, weil es für die Ewigkeit geworden ist und keiner Änderungen mehr bedarf in seiner fabelhaften Schöne.

Ohne Meinen Einfluss kann es überall und nirgends was gescheites geben, denn Meine sinnenfällige Erfahrung ist immens und Meine offensichtliche Routine vermag Meisterdinge zu vollbringen, die vom hier zum dort und vice versa ohne jeden Anspruch oder Einspruch reichen. Das ist schon bemerkenswert und wird von allen akzeptiert, die vordem noch ungläubig, liederlich und selbstgefällig waren. Was immer für dich grandios war, wird in Meinem Kontext und Verfahren winzig wie ein Wasserfloh in der Unendlichkeit der Weltenmeere.

Somit kannst du Mich für omnigenial und krisensicher halten und dein Sein als in das Meine einbezogen sehn, womit gesagt ist, dass du nichts zu fürchten hast und alles zu gewinnen, wenn du Mir vertraust und dich beseligt fühlst in Meinen lichtgesättigten und gottgeweihten Sphären.

1.4

Hast du je bedacht, wie sehr du darauf angewiesen bist, was dir die Weltenkräfte ins bewusste Leben tragen. Es ist nicht nur viel doch alles, wessen du bedarfst, um dich im Gleichgewicht der Sinne wie des vielerfahrenen Gemüts zu halten. Ich erbaue dich von innen her, derweil du glaubst, dich mit alledem, was dir von aussen zukommt, aufzustellen. Genialische Gedanken und Erfindungen sind die wesentlichen Trümpfe, die Ich dir aus Meinem Reich der Geisteswissenschaft und Herzensgüte, Meinem Plansoll und bewussten Schöpferdrange und Elan zugute halte. Dazu kommen Lebenslust und immanente Energie, die allesamt die Kontinuität der Schaffenskraft zum Ziele haben.

Dein Vordergründiges verdeckt, was hinter den Kulissen des gesamten Lebens abläuft an Bestimmungen und Kombinationen, Wertvermehrungen und Freundlichkeiten sonder Zahl. *Ich* weiss Mir stets zu helfen, derweil du dich in noch so vielen Fällen in der Klemme siehst, die deine Seele zwickt, derweil du weder aus noch ein weisst in der Unbeholfenheit und Kargheit deines Seinsverfahrens. So manche Stelle in der Bibel wie im göttlichen Koran versucht, dir Meine Weisheit und Verbindlichkeit, Erhabenheit und Geistesglorie bewusst zu machen, doch du beeilst dich, deiner Selbstgefälligkeit gemäss in eigener Regie zu schalten und zu walten und stehst im Grund genommen im Begriff, *ein* Chaos nach dem anderen zu produzieren.

Nur *Meine* Laute klingt durchs Band bezaubernd schön und Meine Wohlgestimmtheit wirkt wie Balsam aufs Gemüt der Menschen, die sich doch schon arg im Hochgebirg der irdischen Verhältnisse verstiegen haben. Du magst es spüren oder nicht, immer bist du in Mein Sein und Dasein einbezogen. Meine Dispositionen werden laufend zu den deinen und erwarten von dir Einsicht und gewissenhaftes Reagieren, Seinsvertrauen und bewusstes Walten und Voltieren in des Schöpfers Sinnenmass. Das bringt Zuversicht und zartes Miteinander-in-die-Zukunft-Schreiten. Der Sinn des Lebens ist gewahrt und deine Sinnlichkeit verliert sich im unendlichen von Meinem Wonnesein und Herzensschlagen.

1.5

Feuer und Flamme Bin Ich für ein Projekt, das der ganzen Menschheit und damit Mir zugute kommt in der Geistpotenz, die Ich für ihren Fortschritt zur Verfügung halte. Kommt Zeit, kommt Rat besagt in diesem Kontext, dass die Weltenbürger sich aus einem unstillbaren Seelendrang bemüssigen auf irgendeine Art mehr von sich selbst zu wissen, als es bisher gang und gäbe war. Geheimnis um Geheimnis wird sich vor dir lüften, wenn du dir Fragen vors Gemüt zitierst wie: Bin Ich, und wenn deine Eigenantwort lautet: Ja, dann frägst du: Denke Ich, und wieder wird ein klares Ja die Antwort sein. Nun stehst du vor der gloriosen Wende wie vor einem Geistesabgrund mit der Überlegung: gibt es etwas Hocherhabenes und Geniales das mich denkt in seiner Abergründigkeit und seinem Schöpferatem? Mich selbst vermag ich nicht zu denken, also muss ich ein Gedachtes sein von sinngemässen Marinaden.

Mit diesem Zug und Zeugnis ziehst du einen feinen Faden zwischen dir und Mir, der deine Stofflichkeit mit dem was Geisteskräfte sind subtil verbindet. „*Es* denkt mich", kannst du dir nun hundertmal am Tage wiederholen und dazu noch: „Es begründet mein Empfinden". Mit genügend Feingefühl gelingt es dir zu konstatieren: *Es* ist Mein Denken, Wollen und Gefühl. Das ist genau der Ansatz, den *Ich* in dir verankert sehen will in deinem Dich-Begründen wie in deinem fabelhaften Seinsgefühl. Es macht dir nichts mehr aus von Meinem Standpunkt her mit dir zu reden und dich damit auch in Meinem Milieu bewusst und sesshaft, aufgehoben und beheimatet zu sehn. Ich Bin du und du Bist Mich, lautet dann die liebenswürdige, allweite Seinsdevise. Alle Hemmnisse sind überwunden, das Einssein und die Einheit aller Dinge herrschen über deinem Haupte, dein Daseins Rätsel ist gelöst in deinem innigsten Empfinden und Begreifen.

Was Ich dir Bin und was du Bist ist in das Sternenall geschrieben und nährt dein Seinsbewusstsein Tag für Tag und ganz besonders nächtig, wenn dein Leib im Schlafe liegt und das Geistesall sich vor dir öffnet in seinsbeglückender Manier.

1.6

Zu allem fähig Bin Ich, doch nichts mehr will Ich tun, was Ärgernis erregt in Meinem Reich der guten Sitten wie der wohlbedachten Tat. Es sollen Mir die Sterne sauber glänzen und Mein Auge soll darüber wachen, dass kein unbotmässig Bildnis Einzug in ihm hält im Wandel der Gegebenheiten.

Wogegen Ich Mich stemme ist die Lässigkeit, die sich bei jeder passenden Gelegenheit breitmachen will in Meinem offenen Gemüte. Das verbitte Ich Mir dann mit einem Ruck zur tätigen Besinnung auf das, was zu tun ist auf der Zielgeraden. Händel lass Ich ungeniert beiseite liegen, weil Ich das Vorrecht wohl zu schätzen weiss, als erster Meine Wahl und Wirkung zu verwirklichen, allweit, gutherzig und genial.

Meine Wanderschaft hab Ich begonnen, eh die Zeit von Mir erfunden war. Doch mit dem ersten Schritt begann das Riesenpendel gravitätisch hin und her zu schlagen und hat bis dato nimmer aufgehört, dem Weltensein den Rhythmus und die Gangart zuzuhalten.

Wo Ich`s befohlen habe seh Ich Myriaden Hände sich bewusst und emsig regen, um das Werk der Fantasie von Meinem Stll und Gusto vorzutragen. Es ist der Weltenschauplatz, der sich Mir zum Seinsbelieben vorträgt in berückender Manier. Billig, willig und behutsam richte Ich, was der Berichtigung bedarf, und schaue jedem in die Augen, um ihn zum Fleiss und zur Gewissenhaftigkeit, zum Ebenmass wie zur Befriedung zu ermuntern.

Was Ich will ist die Besinnlichkeit im Fortschritt wie die sottile Umsicht über alles, was geschieht und noch geschehen soll unter Meinem unerbittlichen Befehl.

Meine Wände haben keine Ohren, doch umso offener will Ich die Herzen sehn, die sich zu Meinen Gunsten regen und in Bewunderung vergehn. Kontraproduktives hat in Meinem Gangway keine Chance durchzukommen, weil stets das Vorwärtsdrängende die Oberhand behält in seiner Motivation von Meinen götterlichten Gnaden. Was Ich bestimme ist für alle Zeit bestimmt und was Ich wimme trieft von der Süsse der Allherrlichkeit, die Mich begeistert und beseelt.

1.7

Grotesk mutet Mich an, was Ich im laufenden Verfahren zur Kenntnis nehmen muss und zum Genehmigen im grossen Stil. Ich Bin darauf versessen alles recht zu machen im ereignisvollen Weltenspiel, das Mir obliegt zu generieren. Katzebuckeln mag Ich nicht vor den Problemen, die sich Mir entgegenstellen, aber Ich entschärfe sie indem Ich mit vernunftbegabten Argumenten Einsicht produziere und auf jeden Fall gewinne, was bereits verloren schien.

Schritt um Schritt Bin Ich gewohnt, Neuland zu betreten, wenn es Mir einfällt Meinen Seinsideen Raum und Richtung, Relativität und Bonität in Fülle zu verschaffen. Mein Gewissen ist es sich gewohnt, weder zu viel noch zu wenig anzupeilen in der Wohlgemessenheit, die Ich am Laufband pflege. Ich sorge Mich um vieles, jedoch ohne je besorgt zu sein um die Geschliffenheit und Anmut, Plausibilität und Dehnbarkeit die Ich erstrebe. Auf diese Weise blühen Meine Welten wie von selber, ohne dass Ich merklich Hand an ihre Wurzeln lege. Das Gedeihliche zu schaffen liegt Mir ebenso wie dem Unvernünftigen den Laufpass zu verpassen in der raffinierten Weise, deren Ich Mich jederzeit bediene. Hat jemand Klage gegen Mich zu führen, weiss Ich ihm mit ausserordentlichem Wohlgefallen und Geschick den Wind von seinen Segeln wegzulenken, bis er schliesslich ohne Argumente und belastendes Gefälle dasteht, ziellos und verstiegen.

Meine Ansicht von den Welten, denen Ich ihr Dasein, ihre Findigkeit, Prosperität und Leichtigkeit verliehen habe, ist die allerbeste, die ein wahrhafter Kreateur in seiner Werkschau moderieren kann. Auf diese Weise offenbart sich der geniale Zug, den Ich seit jeher intus und gedeihlich aufgezogen habe. Keine Frage nach dem Stil wie nach der Andacht, der Gerissenheit und Wohlgeborgenheit, die Ich anstandslos zum Richtfest führen kann in Meiner glänzenden Organisation.

So gewahre Ich Mich selbst durchs Band als der Gewinner bis zum Tüpfelchen auf dem I, wie als der Belächler seiner selbst in Meinen mustergültigen, beseligenden und aufs äusserste belebenden Verstiegenheiten.

1.8

Im besten Fall ein fabelhaftes Abenteuer gönnen sich die Meisten, Mir aber ist das ganze Sein so etwas wie ein immerwährendes Mit-vollen-Segeln-in-das-Unbekannte-Stossen. Der Unterschied in den Proportionen ist enorm, weil es sich in der irdischen Bilanz um Stunden, Wochen oder ein paar Jährchen handelt, bei Mir jedoch sind Millionen mit im Spiel. Unendliche Geduld ist Mir beschieden. Ich trete auf wie einer, der gewiss ist zu gewinnen und lasse Mich mit Wonne und Verschmitzheit auf dem Eingebrachten nieder. Meine Garnison ist sich`s gewohnt, so durstig, lebenslustig und entschieden vorzurücken, dass die Feinde alleweil wie Spreu im Wind zerstieben und, was schon eh und immer Mein war,

Meinem Auftritt kampflos überlassen auf der Zielgeraden.

Was da kränkelt kann nicht von Mir stammen, denn Meine Kräfte sind von Leben strotzend und von einer Zuversicht beseelt, die sich voll Mut und Tapferkeit durch alle Büsche schlägt, die Mir in etwa noch den Weg versperren wollen.

„Von dannen wird er kommen", heisst es in den biblischen Geschichten, die der Menschheit zur Belehrung und Betrachtung zur Verfügung stehn. Da lernt sie Mich dann kennen im Ornat der Seinsgerechtigkeit und Wohlgesonnenheit ob allem, was Ich zu vertreten und berichten, grad zu stellen und zu richten habe. Dann wird es für dich reichlich spät sein, um, in kesse Vorsätze gewandet, vor Mir her zu gehn. Und was geschieht? Ich setze dich zurück an jene Stelle, wo du begonnen hast die Lässigkeit, Verlogenheit und Ungerechtigkeit zu pflegen. Da kannst du dann in guten Treuen überlegter und gewissenhafter vorgehn auf der Bahn der Menschenwürde, die in Tat und Wahrheit Gotteswürde ist und geisteswürdiges Benehmen. Deine Freiheit ist es, ganz dir selber oder gänzlich Mir und Meinem Anhang zu gehören. Dein Lebensfeld ist von Mir makellos, vertrauensvoll und fruchtbar vor dich hin gelegt. Du brauchst nur tüchtig, züchtig und entschieden zuzugreifen und schon blüht und duftet alles vor dir auf, wes du bedarfst und beschert dir Freude, Seinsbewusstheit, Gottgefälligkeit und seelenvolles Selbstgenügen.

1.9

Vollständig ist dein Leben erst, wenn *Ich* Mein Scherflein und Statut, Meine Produktivität sowie Mein Seinsgewissen eingebracht und beigesteuert habe. Es liegt Mir fern mit diesem Statement aufzutrumpfen, oder etwas ganz besonderes hervorzuzaubern, weil es das Selbstverständlichste der Welt für Mich bedeutet, das da *ist* und seine Universenkreise zieht.

Ich erachte es als gang und gäbe, dass alle Wesen, die an dem, was Ich Mir Bin, beteiligt sind, mit demselben Wissen und Gebaren, Habitus und Merkblatt ausgestattet sind für das Verhalten, dem sie sich zu unterziehen haben. Das schafft Ordnung und Verbindlichkeit im Weltbetrieb und gehört zum guten Ton, den Ich allüberall verbreite im von Mir geprägten kosmischen Gedeihen.

Du magst es drehen wie du immer willst, im Grund genommen hängt das alles ganz allein von Mir und Meiner allumfassende Gebärde des Erschaffens neuer Wirklichkeiten ab. Das ist Mein eigentliches Metier und kann vom nichts und niemand einfach wegbedungen und verharmlost werden. Fakten bleiben Fakten so real und pfündig wie nur etwas und sollen auch zu deinem täglichen Bedarf und Seelenaufstrich werden. Wenn ja, dann überwindest du den eignen Grenzbereich und lässt dein Wesens Seinsbewusstsein ungehindert in das Meine fahren. Von diesem Punkte an geschieht unglaublich viel in dir an relevanten Applikationen, die dein Seelenheil betreffen, wie auch das Bewusstsein von dir selbst, im Unergründlichen. Es geschehen Dinge dir im Leben, die du nie für möglich und plausibel, bodenständig und salut gehalten hättest, wenn sie nicht vor deinen Blicken wie vor deinem inneren Aug erschienen wären. Da machst du auf und zu, befleissigst dich und überbietest dich mit nie gekannten Seins-Erkenntnissen und Sensationen, welche deinem Dasein Schwung und Rasse, Rigorosität und heitere Gelassenheit verleihen. Gerade das ist Meines Willens Aperçu und Nonchalance und soll gewiss auch deine werden.

1.10

Einen Schritt voraussein soll in deinem ständigen Bestreben liegen; nicht unbedingt im merkantilen Sinne, doch in dem der Geisteswirklichkeit, die Ich mit solcher Vehemenz und gold`nen Gültigkeit, Entschiedenheit und Tatkraft propagiere. Mehr und mehr Bin Ich zutiefst und wohlgefällig überzeugt davon, dass Meine Direktiven, Präsentationen und Enthüllungen das Nonplusultra dessen sind, was überhaupt gesagt, gesungen und vermittelt werden kann. All das geschieht im Reich der menschlichen Empfindsamkeiten, strahlenden Erfolge und ins Heimliche verschobenen mit Trauerflor verhüllten Tragödien.

Mir ist kein Wort und Weh zuviel, wenn es Mir in besten Treuen darum geht, den Sprung vom einem Werk zum andern noch vollendeter zu gestalten. In die Länge ziehe Ich und klopfe in die Breite was immer Ich in Meinem götterlichten Schnappsack mit Mir führe. Das gärt und brutzelt dann zu einer Wohlbekömmlichkeit von wahrlich fürstlichem Begaben.

Bist du je als Pseudonym und Maskenträger aufgetreten? Darunter ist gut Lachen, bis die Sache auffliegt und du dich jämmerlich blamierst, ob deinen ausgesprochnen Unanständigkeiten. Was immer zutrifft, wird auch dich im Innersten betreffen und wehe, wenn es dich beleidigt, diffamiert und schäbig macht vor aller Augen. Da kann dich nur Mein Wille wohlbedacht erretten und aus dem blubbernden Moraste ziehn. Nur Mir kann es gelingen dich wieder rein zu waschen und mit einem frischem Fracke zu versehn. Das Volk bestaunt dein Auferstehn und bejubelt deine Schritte so, als wären sie vom Allerhöchsten selbst getan. Ein Merkblatt hefte Ich an deine Tür: sei wachsam, lass dich nicht verführen, sondern tunlichst von Mir führen, vom hier zum dort und zur Gerechtigkeit des Unermesslichen, zu dem Ich dich bestimmt und gütestrahlenden hingeleitet habe.

1.11

Ich Besitze eines prall gefüllten Säckleins Kieselsteine sich zu wissen, welch ein Glück und welche Gnade für ein Kind, um stundenlang damit zu spielen. So hab Ich seiner Mich erbarmt, mag der Herr zu sich gesprochen haben, weil dem Kind die kollernden, lebendig scheinenden Objekte reizenden Vergnügens mehr bedeuteten als manchem anderen verführerische Marmeln, die das Sonnenlicht verfunkelten. Was im minikrimen gilt, hat auch im gloriosen seinsentscheidendes Bedeuten. Das Besitztum muss mit Herzensfreude, kindlicher Vergnügtheit, romantischen Gefühlen, sowie spielerischer Nonchalance gepaart sein, andernfalls wird es zur Last, wie zur Bewusstheit scheler Blicke, die sich stumm und dumm daran geheftet haben.

Zudem ist, was dir geheimnisvollerweis gehört, mit weiteren bewundernswerten Attributen ausgezeichnet, wie die Lebensfreude an sich, der Verzicht auf lockende Genüsse, wie das Verschenken eines Lächelns irgendwem.

In diesen reif gewordenen Gemütern ist der Sinn von allem, was da *ist*, gebührend eingezogen, derweil sie weiden sich an der sottilen Schönheit einer Welt von Seinsnatürlichkeit, Hellhörigkeit und Herzensfrieden. Bedeuten dir bedeutungsvolle Worte schon recht viel, so sollen es die liebevoll dahingegebnen Taten noch bewegender, verbindlicher und wonnevoller sein für die, die sie empfangen, wie für jene, die sie seelenvoll vergeben haben.

Mein Wind weht wo er will, der deine jedoch muss dort wehen, wo er sagenhaftes, nützliches und heiteres gebiert im Umgang mit den vielen. Menschlich und apart zu sein bedarf nicht würdevoller Reden, sondern wohlbedachter Gesten wachenden Bewusstseins in der götterlichten Tat. „Dein Wille geschieht", fliesse dir voll Sanftmut von den Lippen, wenn dir etwas bitter werden will und wenn es darum geht, Beständigkeit, Vertrauen und Verständnis an den Tag zu legen. Das verbindet dich mit Meinen seinsgerechten, immanenten und erhabenen Gefühlen, die das Kosmische mit warmer Unschuld und Gewissenhaftigkeit, verehrenswerter Milde und Glückseligkeit umschliessen.

1.12

Das Aus-dem-reinen-Sein-Entlassene versucht, sich wieder mit Mir zu vereinen. Dazu sind ihm alle Mittel recht, die es sich frei heraus erdenken kann in seiner Eigenwilligkeit und seinem selbstzerstörerischen Trauerspiel.

Ich will es nach wie vor für richtig halten, alles Progressive allen Ernstes zu befördern und ihm Meinen Stempel aufzudrücken der Gottesseligkeit und seelenvollen Geistesruh. Bleibst du am Ball berufe Ich Mich auf Mein Recht, ihn abzufangen und noch viel höher aufzuwerfen als du es je vermöchtest mit deiner mickerigen Energie.

Rittlings auf dem Pferd zu sitzen bringt dir nichts als Spott und Häme ein auf deinem Morgenritt entlang dem Silberflüsschen durch des Städtchens mediokre Melodei. So aber pflegst du dich auch heute noch in deinem Eifer zu benehmen, altes neu und neues alt zu machen in der deplorablen Wundertat.

Mein Befehl an deines Hauses Schwelle lautet: sei dich selber und versuche nicht, in eines andern Haut und Habitus zu fahren, wichtig zu erscheinen oder dich gering zu reden vor dir selber, ohne es zu sein. Natürlichkeit im Umgang hat noch immer mehr geholfen als geziertes, zimperliches und vergebenes Flattieren vor den Mächtigen, die ohnehin nach ihrem eignen Willen handeln, ohne sich mit deinem im Geringsten abzugeben.

Willst du geschickt und clever vorgehn, trete auf wie einer, der da bestens *weiss* und fähig ist das zu erreichen was er will in seinem Drang nach neuen Akquisitionen. Dabei sollst du dir bewusst es sein, dass sich götterlichtes und Von-Mir-Befördertes in dir vollzieht nach der Devise: Decke dich mit Seinsvertrauen ein und schrecke nicht vor dem zurück, was du in Meines Namens Wohllaut und Magie begonnen. An deinem Häuschen lass Ich niemand knabbern, der sich an ihm gütlich tun will, sei es noch so lecker anzufühlen. Die Bedingung lautet stets: dem Geben folgt das Nehmen und der guten Gabe folgt die Wohlgesinntheit auf dem Fuss.

Hast du Mich als genialen Geber eingestuft, so wirst du Mir auch alles, was du hast und Bist voll Freude zur Verfügung stellen, lebelang, beharrlich und von aller Drangsal wohlgemut erlöst.

1.13

Wer darf konstant im Glücke seines Daseins leben? Der erkannt hat und erkennt, dass er des reinen Seins Berufung und Erscheinung, Wahrhaftigkeit und Wesen ist in allen seinen frohgemuten silberhellen und bewundernswerten Funktionen. Sein Antrieb ist die Friedefertigkeit in seines Herzens Lust und Lebensspiel, seine Wohlfahrt und sein Menschsein eine Fülle von Erfüllungen im Sein und liebevollen Sich-Erleben.

Er ist in die Verbindung mit Mir, dem Unendlichen, hineingegangen, wie in einen Märchenhain, wo sich die Ereignisse und Auferweckungen in einer Folge von

zutiefst beglückenden Motiven und Erfindungen vollziehn. Du empfindest, dass du Bist und empfängst das
unerhört Beseligend- und Reizende in der Wahrhaftigkeit, die allem innewohnt, was Ich dir je zum Pfand und
Heil und Hochgebet vergebe. Hier trifft nun zu, dass
Meine Weise wirkungsvoll und weisheitsbildend um dich
kreist und dich mit dem bekannt macht, was Ich Bin und
was du in Mir Bist als Träger und Erreger der Gedanken
und Empfindungen, die Ich in Meiner universenweiten
Geistbeseeltheit pflege. In Mir zu sein bedeutet, die
bedeutungsvollste Lösung und Erlösung, die dir je in
deines Daseins Spekulantentum und Redlichkeit,
Manierlichkeit, Erkenntnis und Entschiedenheit gesche-
hen konnte. Dir zum Glück und Mir zur wissenden
Bestätigung geschieht, was Ich im grossen ganzen wie im
Seinsintimen unaufhörlich und gekonnt kreiere. Deine
Tage sind gezählt, dein Sein jedoch entspricht dem
Meinen im Zerfliessen der Unendlichkeit von Meinem
Rang und Namen, wie von Meinem Prosperieren in nie
endender Holdseligkeit und Innovation, Erhabenheit und
Gotteswürde wachend vor Mich hin.

Gesagt, getan und immer weiter in die sich weitenden
Unendlichkeiten Meines Seinsgefühls und Meines voll-
bewussten Sonnenstrahlens liebevoll hineingegeben. Ich
entsage allem was Mir nimmer zugehört und Bin die
Einzigartigkeit an sich, an der Ich Mich in nie
verebbender Glückseligkeit und Wachheit, Unvergäng-
lichkeit und Seinsgelassenheit aufs Köstlichste erlabe.

1.14

Bedingung ist bei allem, was da *ist*, dass ein Treppchen
zu ihm auf und nieder führt, um es schicklich und
manierlich zu bedienen. Gewollt und ungewollt musst du
mit Mir in Höhen wie in Tiefen als Schmalhans oder
Vollgestopfter regelrecht hineinspazieren. Niemand hält
dich davon ab, dir Kurven zuzulegen, um den Hügeln aus

dem Weg zu gehn, oder sie geradeaus zu überschreiten, deinem nächsten Ziele zu. Wichtig ist, dass du dich auf dem Weg befindlich fühlst und dass du dich befeuern lässest von den Zeichen, Idiomen und Natürlichkeiten, denen du begegnest in Persona kreuz und quer.

Du sollst dich nicht darauf beschränken, was dir vorgeschrieben ist, mit Anstand zu vollbringen, sondern hast dein eigenständiges hinzuzufügen, erlangend es aus Meinen buntgescheckten Tiefen.

Willst du deine Seele in dir wohl gedeihen sehn, so ist es nötig und plausibel sie mit alledem voll Inbrunst zu begaben, was ihr frommt und was dazu beiträgt ihr kein leides, liederliches oder brachiales anzutun. Sie braucht Schutz wie alle schützenswerten Objekte, die im Register deiner Stadt als unantastbar und tabu verzeichnet stehn. Echter Seelenschutz jedoch kann nur von Mir mit lieber Hand und mit Gewissheit über ihre Nöte und Bedingungen verliehen werden. Siehst du endlich ein, dass hier ein geistiges mit geistigem kommuniziert, so hast du viel gewonnen auf dem Prüffeld deiner selbstbewussten Lebenstaten.

Was du göttlich nennst bedeutet Mir das ganz Natürliche, das Ich tagtäglich in der Menschheit lebe und erlebe, um sie zu formen und veredeln wie die Winzer ihren Trauben alle Sorgfalt, Wohlgesinntheit und Geschicktheit angedeihen lassen. Siehst du dich in diesen Kontext eingebettet und bejaht, kann dir kaum etwas fehlen, was dich stutzig macht und gierig, monstruös und unerzogen. Deine Felder sind von Mir mit sachlicher Entschiedenheit und liebevoller Herzlichkeit bestellt und warten nur darauf, von dir erkannt und aufgesucht, abgelesen und aufs Köstlichste goutiert zu werden. Glückauf zu diesem Tun und Herzensfrieden wünsch Ich dir in deinem wohnlichen Juhee.

1.15

Jeder, der sich selbst erkannt hat, ist gehalten, eine Menschheitsmission mit Zug und Druck, auf Gedeihen und Verderb, wie unter Einschluss seiner ganzen, findigen Persönlichkeit, aufs Wunderbarste zu erfüllen. Seine Vision ist die der Seinsgerechtigkeit für alle Wesen und Verrichtungen die ihm lebelang und immerzu obliegen. Von Meiner Seite lasse Ich die allerwürdigsten und konstruktivsten Kräfte walten, die dazu fähig und berufen sind, Mein Imperium der gloriosen und gediegenen Natürlichkeiten aufzubauen und instand zu halten, fabelhafter gehts nicht mehr.

Was Ich aufgelegt und gutgeheissen habe kommt dir nun in vollem Umfang, Umhang und Bedeuten zu, womit dir alle Möglichkeiten offen sind, damit unendliche Verdienste und Belustigungen, himmelhohe Wirkungen und abgrundtiefe Bitterkeiten zu erzielen. Steht dein Sinn nach mehr, so will Ich deine Güter ungesäumt um ein erkleckliches vermehren und willst du dich bescheiden, kleide Ich dich in den Mantel der Genügsamkeit am Sein und Leben, der dich besser ziert und züchtig macht als noch so viele glitzernde, umschmeichelnde und zarte Zierlichkeiten.

Voll Sorge, Sorgfalt und Beharrlichkeit umfange Ich dein Sein mit Meinem und kann dir dabei nicht verhehlen, dass du noch weit von dem entfernt bist, was Ich mit dir und deiner Bildung, deinem Renommee und deinen zimperlichen Postulaten und Verwerfungen im Schilde führe. Das ändert sich mit einem Male, wenn du dich erkennst, als Meines Deutens und Bedeutens allegrierender Kumpan und Beirat, dessen Wohlgemutheit, Schöpferfantasie und Seinslasur Ich dringend brauche. Es handelt sich darum, Mein Eigenwerk in Minne und Manierlichkeit, Grossmut, Gottesglanz und -würde zu vollenden. Von ganz unten nach zuoberst sollst du selbander mit Mir promenieren und dir dabei nicht die geringsten Sorgen machen um dein Wohl. Es liegt im Wesen dieser universenträchtigen und -prächtigen Synthese, dass ihr das Gelingen innewohnt, wie das Vollbringen überaus gesitteter, beglückender, holdseligmachender und liebevoller Wundertaten. So sei's in Meinem Geist und Meiner Geistwelt in unendlicher Gediegenheit getan und als gottselig ausgerufen.

1.16

Mir hat die Stunde der Wahrheit schon längstens geschlagen im guten Erwachen zu Mir und Meinen Seinserhabenheiten. Die Gedanken und Gefühle sind zu dem erweckt was Ich Mir Bin und Bin Mir immer schon gewesen. Wofür Ich kämpfe ist die Klarheit des Gewissens über Mich und Meine zahllos aufgewirbelten und delikaten Seinsprozesse im erstrahlenden Allhier. Ich schaffe und erschaffe sie, doch machen sie Mir ständig auch zu schaffen in der Vielgestaltigkeit und Sattheit ihres Wesens. Nur allzuvielen fehlt die Einsicht in das, was sie wirklich *sind* und was ihr Sein bedeutet im gesamten Leben über Generationen hin.

Hast du Moral, so kann Ich deine Menschlichkeit in aller Form ins götterlichte, geistgesättigte hinübertragen. Dort bist du sicher, selbstbewusst und hocherhaben, eingebettet in Mein Seinsgewissens veritable Mündigkeit und Mustergültigkeit in einem.

Mein Kommen ist ein Aufzug von erstaunlicher Beweglichkeit und tüchtigem Rumoren, wenn es Mir darum zu tun ist, vielbeachtet und geschätzt oder dann gefürchtet und geflohn zu werden. Je nach Meiner Absicht aber schleiche Ich Mich lautlos, unsichtbar an dich heran, um dir eine unvergessliche und liebevolle Lektion zu erteilen. Meine Schritte gehn stets wohlgesonnen deinen zu und bezwecken nur das eine, dich mit

Mir aufs Innigste bekannt zu machen und damit mit Meinem Reich der Fülle aller Arten, die dich zutiefst beglücken und begeistern können. Gut Kirschen essen ist mit Mir, solange Anstand herrscht, Entgegenkommen und Verehrung Meiner Werte, die von Güte und gehörigem Begreifen triefen.

Komm doch zu Mir und sehe dich saniert von allen deinen Wunden und Verwunderungen, denen du nicht beikommst, ohne Mich zum Seinsgevatter und Beglaubiger gewählt zu haben. Zieht es dich zu Mir so Bist du wohl gezogen und erzogen für dein künftiges, glückseliges Bewusst-Sein in dem Meinen.

1.17

Kreativ sein ist Mein Metier von allem Anfang an gewesen. Mit dem Rüstzeug, das Mir eigen, fällt es Mir nicht schwer, die verzwicktesten und ausgelassensten, wahrhaftigsten und schrägsten Definitionen leichterdings ins Lebensfeld zu führen. Das soll den Leser stärken im Bewusstsein von der Allmacht, die Ich innehalte, wie vom absoluten Herrschertum, dem Ich mit Sang und Klang obliege.

Mich selbst begreifend greife Ich in himmelweite Fernen und vollziehe dort, was Ich Mir als nötig und berechtigt vorgenommen habe. Meine ganz privaten Zeichen stehen stets auf Ruhe, derweil um Mich herum die ärgsten Stürme toben. Ohne Zweifel ist das aller Götter Habitus und Quintessenz, sich in Gelassenheit zu üben, wo noch so viele Mindersichtige in hellem Aufruf sich die Haare raufen.

Posthuman wird dir dann die Erkenntnis über deine Lage und Lädiertheit, Seinsgestalt und Kuriosität von Mir bekannt gegeben. Das frischt dich auf, wie beim Frisör und lässt dein Auge glänzen im Hinblick auf den wohlgemessnen Neustart, den Ich gütig dir gewähre. Wichtig ist dabei, dass du begreifst, wie Ich gerade hinter dir das Zepter führe und dir Innovationen ins Gewissen raune, die von Meinem Prestige, Seinsgesang, Kalkül, sowie von Meiner Rüstigkeit beredtes Zeugnis geben.

An Meinem Weinstock werden Gottes Trauben gar und gedeihen wie von selbst, derweil Ich ihre Farbe, Fertilität und pralle Süsse Bin im herbstlichen Vollenden. Was du von Mir kennst, das sollst du auch in aller Form und Fertigkeit vor aller Welt verkünden, damit sie mählich Meine Züge trägt und ausprägt mit dem Gang und Gängelspiel der listenreichen Evolutionen. Kein Wort zu wenig und zu viel will Ich Mir täglich vors Gewissen führen, damit das Equilibrium wahrhaftig wird, das Ich in allen Meinen Dispositionen strengstens einzuhalten pflege. Das Ausgewogene schwebt wie auf Adlerschwingen mäuschenstill an dich heran und begabt dich mit der Seinsglückseligkeit, die Ich dir jüngstens zubereitet habe.

1.18

Ins reine Sein erhobene sind jeder Tücke bar und jeder tückischen Blamage ledig und konzis geworden. Wie mutet dich das an, wenn du dich mit einem Schlage ohne jede Hemmnis und Behinderung, Majestätsbeleidigung und Profanation erfühlen darfst in der Erhabenheit der Geistessphären. Ohne jedes Zaudern, Zagen oder Lamentieren gehst du als ein Held der Geisteswirklichkeit einher und lässest dich von nichts und niemand eines schlechteren belehren.

Dein Lebenswandel hat sich Meinem vollends angeglichen und unterscheidet sich in nichts mehr von der Grazie des Himmels, die sich im Überall zu etablieren trachtet, seinsbewusst und rigoros. Bin Ich ein Meister der Geselligkeit und Munterkeit, Redseligkeit und

Loyalität mit allen, die da *sind* geworden, kannst auch du dich ohne weiteres auf Mich berufen, ob es nun licht und leicht wird oder brenzlig in der Folge deiner Lebenstaten. Hauptsache ist, dass deine Ansicht von der Welt nach Meinem Risiko und Meiner Liebenswürdigkeit und Tüchtigkeit verläuft durch alle noch so pingeligen und peniblen Institutionen.

„Gott bewahre", brauchst du nicht mehr auszurufen, derweil du selber dich bewahrst unter Meines Seins Ägide, Mustergültigkeit und Quirinal. Lass es nun gut sein, dass dein Dasein einer Glücksfahrt gleicht durch alle Bögen, Bodenständigkeiten und erheblichen Gefahren, die sich lauernd, listig und geschickt in deines Götterseins Bewusstheit einzuschleichen suchen. Du reinigst dich von allen Infiltrationen negativer Ding-lichkeit, indem du Meines Lichtes gütestrahlende Wahrhaftigkeit in Fülle in dich strömen lässest aus des Alls Gewissen und Verbindlichkeit mit Mir.

Mein Prestige kommt allüberall zum Zuge, wo die Seinsbewusstheit Urständ feiert und ein Wesen sich mit Meiner Hilfe durch die Sphären der Allherrlichkeit bewegt in wunderbar geschliffenem, bewussten, seins-natürlichen, glückseligen und mustergültigen Das-reine-Sein-Erleben.

1.19

Trittst du bescheiden auf, so kann Ich dir dazu das Seinsbedeutende vergeben, an dem du dich erbauen kannst für Ewigkeiten. Ich Bin nicht knauserig, wenn es Mir darum geht, die Meinen mit Unendlichkeiten zu beglücken und ihnen damit ihrer Redlichkeit gemäss die Geistbewusstheit zu bescheren. Wenn Ich das so bedenke, kann Ich ohne die die Ich geschaffen habe, nimmer sein und will sie deshalb immerzu aufs Köst-lichste und Kummerloseste erhalten.

Mit Mir ist alles in der Universenwelt und Wirtschaft, Wirkkraft und Gewissenhaftigkeit getan, mit denen Ich durchs Band verhältnismässig und bewundernswert agiere. Mein Mich-im-Sein-Behaupten macht die Lebensdinge erst bedeutsam, mustergültig und fürs Allerhöchste ausgeschieden.

Sang-und klanglos tritt bei Mir nichts ab, derweil Ich jedem Meiner Bürgen als ein wunderbares Pfand Mein Eigensein vergebe. Dazu kommt, dass Meine Geisteskräfte überallhin reichen, wo gedacht wird und um klare Sicht gerungen, aufgebaut und mit dem Siegel der Glückseligkeit versehn.

Was in Mir vorgeht, muss auch dich im Innersten bewegen, weil Mein Duktus und Befehl mit Nachdruck, Nachhall und gesegneter Empfindung wesensgleich in dir rumort, seit aller Zeit, in der du Meinem Willen bist anheimgegeben. Nach der Durchsicht Meiner Bücher kannst du sicher sein, dass Ich auch deinem Namen Meine Achtung und Verehrung zugewendet habe. Das bedeutet, dass du niemals und mit keinem Argument aus Meinem Blickfeld wegbedungen werden kannst im Zeitenlosen. Das kann dir recht und gut sein, weil dir Meine Nähe von enormem Nutzen ist auf deiner Fahrt und Fürbitt, Sehnsucht und Bewegtheit zum erhabnen Ziel. Mit Worten ist die Wonne nimmer zu beschreiben, die dich dann beseelt und deren Anhang, Umhang und Empfinden fassungslos dein Ein und Alles ist im ewigen Gesunden.

2

Unter Meiner Leitung und Ägide

2.1

Meinem Weistum und Relieve kann nichts mehr beigefügt und anbefohlen werden. Es ist komplett in allen Sparten und Beziehungen, Modulationen und manierlichen Begriffen, die *Ich* Mir auferlegt und eingemittet habe. Mir steht der Sinn nach seinsverstrahlen und ergreifen jeder passenden Gelegenheit Mich zu veräussern und ins Allweite zu verwehn. Meine Seinspräsenz ist Legion und hat noch jeden Zipfel Meines schöpferkräftigen Verfügens vehement ergriffen, um ihm Lust und Liebe, Leben und Gedeihen einzuhauchen. Mir ist es keineswegs egal, ob irgend eines Meiner Wesensglieder Mangel leiden muss in seiner Hilfedürftigkeit und Profanation der Lebensgüter die ihm eigen. Nur Willigkeit und Wünschbarkeit das anzunehmen, was Ich feierlich verschenke, ist vonnöten in der Myriadenschar der auserwählten Meiner Gunst und Sitte, Lebenskunst und Bitte im bewundernswerten Seinsrevier.

Was Mich betrifft, kann Ich nur von der Fülle reden, die Mich in nie verebbender Manier beseelt und Mich befähigt, alles anzureissen, zu verheissen und dem guten Ende zuzuführen, was Ich will und wo Ich Mich aufs Intensivste engagiert und eingelassen habe. Was immer tunlich ist, das habe Ich seit eh und je getan und was es strikt zu meiden galt, hab Ich gemieden wie der Teufel das geweihte Wasser, wie der Fuchs, der von dem Bauer Prügel statt fette Hühnerhälse erntete. Unter Meiner Leitung und Ägide geht es stets voran, indem das Karree Meiner Kräfteschar sich vorwärtsdrängt ein jedem feindlichen bewusst und siegessicher überlegen. Das entspricht gezielt und haargenau der Art und Weise, wie Ich an sich Bin in barer Lauterkeit und Lebensliebe, Wahlberechtigung und Konfrontation mit Nichtigkeiten, denen Ich spontan den Meister zeige. So Bin Ich Mir die Weisheit in Person sowie die seinsbeglückende

31

Gewissenhaftigkeit und Herzensgüte, Edelmüdigkeit und Sanftmut noch dazu.

2.2

Klopfsteinpflaster haben es in sich, die Wesen aufzurütteln, deren Fahrt und Fuhrlast über sie vonstatten geht. Gerüttelte sind wacher als die Schläfrigen, die sich lieber im verborgnen halten. „Alles zu seiner Zeit", ist für den nicht ohne, der sich regelrecht darum bemüht, gewandt und zielbewusst durchs Leben zu flanieren.

Meine Art ist es Vergleiche zwischen zwei betrachteten Ereignissen zu ziehn, um diese aufzuhellen und sie mit Sinn und seelenvoller Deutung zu belegen. Scheint dir das zu schierig, greife Ich mit an und vollende spielerisch, was dir als schierer Brocken und riskantes Schwergewicht erscheint in deinem Hang zum Umplatzieren.

In den meisten Fällen sind die simplen Lösungen den exaltierten, vielverschlungnen vorzuzuiehn. So auch in Gesprächen das Geschwind-zur-Sache-Kommen, anstatt wie die Katze um den heissen Bereich herumzuschleichen. Das Wesentliche kannst du innert kürze aus dem unverschämten Wortgekrimse extrahieren und den Rest seinem Erfinder um die nasse Nase schmieren. Erzieherisch kannst du am Besten reüssieren indem du dich an klare Definitionen hältst und dazu Bilder zeichnest ohne Firlefanz und arg gekünsteltem Gehaben.

Mit Meiner Herzenswärme Bin Ich fähig, alles aufzutauen was vereist und festgefroren war. Es erhellen sich die starrenden Gemüter und begreifen, dass in Meinem Resümee und Ritual die liebenswürdige Gewohnheit herrscht, dem Partner wie der Partnerin zuvorzukommen im Betrachten und Bewegen her und hin. Vertrauen schaffend wandle Ich auch heute noch

durch die erregten und verängstigten Gemüter und bringe
ihnen bei, wie man zu dezenten Lösungen gelangt mit
Hilfe höherer Gewalten und Empfindungen aus
veritablen Geistesregionen.

Ich verwandle, was du Bist, in ein Wesen von enormer
Tüchtigkeit im Vorwärtsstreben gerade auf Mich hin, im
Namen des Allherrlichen, der Ich dir Bin und der schon
immer deinen Fortschritt, deine Sensibilität für ewiges
wie deine Seinsglückseligkeit und Daseinswonne wollte.

2.3

Was dir durch Meine Gnade alles geschieht ist kaum zu
zählen. Das aber führt dich zu gedankenschwerer
Dankbarkeit Mir und Meinen Geisteskräften gegenüber,
denen du durchs Band zutiefst vertrauen kannst in deinen
mannigfachen Konstellationen. Allerdings ist Mir die
Gabe der Verheissung noch in eigener Regie zuteil
geworden. Das aber deutet darauf hin, dass Ich dir deine
künftigen Belange und Erfahrung genau umschreiben
und beschreiben kann, zu deinem Wohl und Wehe, deiner
Art zu sein und dich mit deinem Fortschritt zu befassen.
Ich gebe dir in aller Form und Freiheit zu bedenken, dass
du dich besinnen sollst auf das, was du dir Bist, als
Eingebürgerter in Meines Seins Gewissheit, Fabelhaftigkeit und Elegie. Diese Werte sind als Basis deiner
Unergründlichkeit in deinem Wesensein zu suchen und
mit einem Freudenschrei in dir zu finden. Machtvoll und
gediegen stehn sie dir zu Diensten ohne jeden Anspruch
als dem des Dankens deinem Schicksal gegenüber. Es ist
des Weltenschicksals Lauf und Liturgie, die alles Sein
beseelt und auch dem deinen Schwung und Grazie,
Verbindlichkeit und Harmonie verleiht im Sternenall, das
Ich mit Feiereifer, Fantasie und Götterherrlichkeit
belebe.

Was dich erwartet ist die Glorie des Himmels über dir wie auch in dir, von Mir gesponsert und mit bestem Können und Gewissen dir ins Lebensfach gelegt. So gedeiht, was sich ins Licht erhoben und so verfahre Ich weit über allen Seins Riskiertheit und Gefahren.

Du kannst schmollen, aber wollen musst du doch, um dich am Leben und im Seinsbewusstsein zu erhalten. In diesem Kontext dürfte es dir sonnenklar bewusst und kundig werden, dass ein Höheres, als du bisher gewahrtest, dich beseelt und dir zum hochwillkommnen Vorbild dient für die Fülle deiner Lebenstaten.

Das Dialogische in Meinem Reden und Gefühl soll auch in deinem Milieu verständnisvollen Raum gewinnen, Meinem götterlichten zu. Indem du sprichst soll es dir kundig werden, dass Ich mit mir selber spreche in elysischer Gewandtheit, somnambuler Sicherheit und herzensguter Ruh.

2.4

Ist dir die Intifada auf den Fersen ist dein Leben nicht mehr süss. Vermutungen, Verhöre und Verunglimpfungen folgen, ohne dass du weisst, wie das zu einem Ende führt. Gar viel von deinem Dasein lässt sich an wie eine Flucht vor etwas, das du nicht erkennst und das dir Angst bereitet in des Herzens kummervollem Seinssystem.

Das zwingt dich dazu deine Lebenslage strikt zu überdenken, um deinem Wert und Unwert auf die Spur zu kommen. Damit aber läutest du das comeback Meiner Kräfte ein, die dir vom Sein an sich was tüchtiges erzählen. Meine Hilfe strömt dir zu in Form von kaum beachteten Gefälligkeiten die dir dein Umfeld offeriert, um deiner Wirklichkeit einwenig Charme und Sinnkraft zuzuführen.

Was dir bisher besonders fehlte ist nun da: das Vertrauen in das künftige Geschehn im Wirkkreis deiner Angelegenheiten. Du ergreifst das Menschenmögliche und führst es schliesslich zum Erfolg, indem Ich`s in geheimer Mission, Mutwilligkeit und Tatkraft zum Gedeihen führe. So ändert sich des Lebens Strategie, Panoptikum und Seinsbegehren allgemach zu dem, was Ich mit ihm im Schilde führe und beginnt in wundersamer Heftigkeit und Wonne zu florieren. Dein Lebenshorizont wird heiterer von Tag zu Tag und mehrt die Helle des Gewissens auf ein grandioses Unbekanntes hin, das dir bevorsteht kaum zu sagen. Willig folgst du deinem Pfad zu immer neuen Höhenlagen und gewahrst dich selbst im Aufmarsch und Gewinn von dem, was du in Wahrheit Bist und was von keiner Hemmnis wegbedungen werden kann.

2.5

Es ist wie ein gefällig Auferstehn zu einem Dasein wahrer Menschlichkeit und Generosität, Genügsamkeit und Gottgefälligkeit in einem. Deine Lippen formen sich zu Meinem Lob und deine Läuterung ist wunderbarerweis vollzogen. In deinen Augen strahlt Mir Liebesglanz entgegen und dein Gebaren ist wie Meines, seinsgerecht. und sonnenklar.

2.6

Keine Sorge zuzulassen im empfänglichen Gemüt ist eine Grosstat von bewundernswertem Aufzug und Erfahren. Das Weltsystem ist, seiner Überfülle trotzend, auf allgemeine Friedefertigkeit und Wohlfahrt ausgelegt. Diese Qualitäten müssen immer wieder hart errungen, in das Leben eingeführt und in ihm hochgehalten und gepflegt, behütet und gefördert werden. Das ist, weil heute jedermann der Ansicht frönt, es sei ihm mit auf seinen Lebensweg gegeben, stets in eigener Regie zu handeln und vehement auf seinem Recht und Ritus zu bestehn. Dem geht der Sinn für die Gemeinschaft vor, in der die Menschenvölker *sind* und sich um sich herum bewegen. Was Mich betrifft, sind diese blitzenden Notwendigkeiten klar zu definieren und auch einzuhalten. Die Menschenmassen aber haben es sich angewöhnt, gegen sie zu löken und öffnen damit manchem Unheil Tür und Tor, anstatt die liebevolle Seinsgemeinschaft und Verbundenheit zu pflegen.

Soweit so gut, damit die Rechnung aufgeht habe Ich den Samen des Gerechteseins an sich in die Lebenswelt gelegt, wonach sich jeder durch die Untat, die er leichterdings begeht, die angemessene Strafe selber zufügt in des Seins Gewissen und Gebaren. Seine Lebensfreude ist getrübt so lange, bis die Ehrlichkeit, Rechtschaffenheit und liebevolle Anteilnahme am Geschick der andern Oberhand gewonnen hat in seinem Sich-Bewähren.

Damit führen alle Wege schliesslich doch zu Meinen Ziel, die Lebensfelder frisch und fruchtbar, melodiös und sinnvoll zu erhalten. Sinuös bleibt vieles, aber durch Jahrhunderte, Jahrtausende gesehn, verbessert sich die Einsicht, und die handelnden Gemüter führen das Lebendige unter Meinem Leitstern endlich doch zum Guten.

Das ist Meiner Weitsicht, Meinem Seinsprofil und Meiner Lebensliebe zu verdanken. Die sprossende Natürlichkeit erobert sich im Menschenreich den Stand der Einsicht in die Geistesqualität aus deren Hintergründen alles Offensichtliche belebt, geführt und auf geradem Kurs gehalten wird in Meiner Gottesgründe Sich-Verspielen.

2.7

Dichtung und Wahrheit scheinen sich in vielen Fällen zu berühren, und bei Mir wird dieses Phänomen besonders häufig wahr. Das Märchenhafte wird zur Wirklichkeit und übertrifft bei weitem, was vordem kaum auszudenken war.

Ich binde und verbinde, treibe und vertreibe wieder, was Mir eben einfällt an die Hand, sowie ans Vaterherz zu nehmen. Meine Schritte sind dabei stets wohlgemessen, abgezirkelt und global und bereiten denen, die sie mit Mir unternehmen, Freudenschübe noch und noch bis zum tief beglückenden Final.

Was zu Beginn in Mir noch mysteriös und undurchschaubar war, wird zart und filigran im Detail ebenso wie mächtig im gewaltigen Monumental. Das entspricht der Fähigkeit zum weise-wissenschaftlichen und wohldurchdachten Aneinanderfügen, die Ich schon seit jeher freudig intus habe. Ich mache es Mir weder leicht noch schwer, weil alles in Mir nach urewigen Gesetzen abläuft, ohne wenn und aber mit dem Duktus auf entschieden genial.

Was Mir frommt, soll auch dir zur sagenhaften und beglückenden Verfügung stehn. Das macht die Weite, Unbeschwertheit und Bewusstheit deines unverwüstlichen Gedankenlebens, das Ich dir ohne jeden Vorbehalt zur tätigen Verfügung stelle. Wie du siehst, Bin Ich imstande, Myriaden vifen Geistern Meinen Reichtum an Ideen zuzuraunen, um auf diese Weise Welten zu erbauen und ihr Dasein mit Entzücken zu durchschauern, konsequenter und beglückter geht nicht mehr.

Was immer du dir zutraust geht mit dem Vertrauen, das Ich in dich setze, Hand in Hand einher und übertrifft zumeist die kühnsten und gerissensten Erwartungen, die dich und deinen kühnen Geist beseelten. Frischauf und Wohlgemut zum Freisein von jedwelchen lästigen Bedenken wieder, lautet die Parole, nach der du dich bewegst, indem Ich Mich in dir bewege. So wird Mein Sein aufs Allerbeste, Heiterste und tief Beglückendste vor aller Augen offenbar und wird, was ihm beschieden, durch Äonenläufte, Praktiken und Sternenpopulationen hochbegeistert und beseligt weiter treiben.

2.8

Die Magnetkraft offenbart ihr eigentümliches Verhalten hemmungslos an jene, die sich ihrer zu bedienen wissen. Sie zieht sich an und stösst sich wieder ab je nachdem wie ihre Pole zueinander stehn und gleicht damit den menschlichen Gefühlen, die in Sympathien oder deren Gegenteil beredten Ausdruck finden.

Mein Manifest beruht auf Gegenseitigkeit, die sich des Miteinandergehns bedient, um sagenhafte Werke zu vollbringen und durch sie das Leben mit Begeisterung und Seinsvertrauen, Umsicht und bewundernswerter Sinnkraft zu erfüllen.

Was immer Ich bedacht und aufs Tapet gebracht, vor Mir her geschoben oder hinter Mir gelassen habe, hat sich als berechtigt und gewollt, fortschrittlich und gekonnt erwiesen. Bin Ich so, so soll es dein Bestreben sein, ebenso gediegen und bezaubernd, regelrecht, anmutig und potent zu wirken, ohne je nach minderem zu schielen.

Was *ist*, ist durch den Einfluss und den Widerhall der sinnenfälligen Gedankenkraft entstanden, die es Mir erlaubt Mich auszudehnen oder einzuziehn, fortschrittlich oder widersprüchlich zu erscheinen. Dennoch liegt es Mir wie nichts daran, Meine Grenzen auszuloten und dabei mit Leidenschaft, das Grenzenlose anzustreben.

Willig, billig und genügsam habe Ich Mir selber zu gehorchen, weil Ich alles, was Ich rigoros in Szene setze, selber Bin und vollendeten und unbedingten Anteil an ihm habe. Durch Generationen und Myriaden hoffender Gemüter habe Ich Mich durchgeschlängelt und gerungen mit der Absicht, Meiner Genialität, Gutmütigkeit, Weitsicht und Gediegenheit zum Durchbruch zu verhelfen. Das gelingt Mir immer wohlgefälliger und effektiver, universenweit gesehn und hinterlässt allüberall des reinen Lichtes Spuren, die von Meiner Gegenwart und Meiner wohlbedachten Fälligkeit beredt und folgenreich zu zeugen wissen. Immer ist Mein wirkungsvoller Einfluss Legion und bestärkt Mich in der Ansicht auf dem rechten Weg zu sein und Meine Ernte zeitig einzubringen, unbeschadet, folgerichtig, voll und zirkular, um ihrer aufs Entschiedenste und Wonnevollste zu geniessen.

2.9

Die kolonialen Verhältnisse auf Erden haben es mit sich gebracht, dass ganze Völker von den andern unterjocht und ausgebeutet wurden. Das aber stärkte sie und führte zu enormen Widerständen, mit deren Hilfe sie sich von dem Joch befreien konnten.

Was aber ist aus dir und deiner Eitelkeit, Vergnügungssucht und Eigensinnlichkeit geworden? Fühlst du dich nach wie vor beherrscht von ihnen? Darauf lautet Meines Seins untrüglicher Befehl, dich von ihrer Herrschaft zu befreien, um endlich als Erlöster und Befriedeter, Befreiter und von deinen Sein Beglückter dazustehn.

Du trittst bevorzugt auf die Weltenbühne, wenn du mit rechter Wohnstatt, Arbeit und gerechtem Lohn begabt bist für dein tägliches Dich-um-Erfüllung-deiner-Pflicht-Bemühen. So kannst du dich, trotz deiner Bindung, frei und sicher, wohlgemut und lebenslustig fühlen. Ich aber sehe Mich dazu verpflichtet, dir das Folgende ans Herz zu legen. Du *Bist* und bist von Mir gehalten, deine Lebensqualitäten auch in *Meinem* Licht und *Meiner* Wahrheit zu betrachten. Das beschert dir dann die Einsicht in die geisteswirklichen Gebiete, die dich von innen her aufs Trefflichste beseelen. Meiner Kräfte wirst du dir gewahr, die dich am Leben und Gedeihen, Prosperieren und Erfolgreich-Sein erhalten. Ohne Mich kannst du nichts rechtes unternehmen und ohne Meinen Seinssuccurs bist du vor Mir ein Nichts auf dem Plateau des täglichen Dich-selbst-Erfahrens. Es gibt nur dies: dein Selbst-Besinnen auf das Seinsgewicht, das du in Wahrheit Bist, in Meinem Geistesmilieu wie Meinem Dich-mit-Götterherrlichkeit-Begaben.

Alles was dir frommt ist längst von Mir beschlossen und besiegelt worden. Was dir nottut, strömt dir im Vertrauen von Mir reich und richtig zu und was des Seins Lebendigkeit, Weitsichtigkeit und Überlegenheit begründet, wird dir von Mir in aller Ehre und Entschiedenheit, Beglückung und Erwartung hingegeben.

2.10

Über Kräftemangel solltest du dich nie bei Mir beklagen, denn du musst ja wissen, welchen Anteil Ich dazu gestiftet und für dich verwendet habe. Mein Brevier ist mit Notizen bestens eingedeckt, die dich und deine Lebensart betreffen, um sie zu bereichern, wo du gehst und stehst und wo du deine Finger mit im Spiele hast, das wir selbander mit den Seinsgenossen treiben.

Ich halte dich für fähig und bereit dazu, alles zu bemeistern, was dir in die kreuz und in die quere kommt in deinem unternehmerischen Lebensstil. Das hat auch viel gemeinsam mit dem Meinen, der sich über Myriaden Sternenvölker und Verbindungen erstreckt, die Ich Mir ohne jeden Vorbehalt, doch mit bemerkenswertem Nachhall, eingerichtet habe. Dazu kommt die Vielgestaltigkeit der Elemente, denen Ich besondere Sorgfalt angedeihen liess, um sie von allem Anfang an ins Licht der Exklusivität und Genialität emporzuheben.

Salz und Myrre streue Ich aufs Kohlenfeuerchen, wo sich intimes abspielt in den Kathedralen Meiner betenden und bittenden Gemeinde vor dem Hochaltar. Ihr ist zu verdanken, dass der Wohllaut des Verehrens Meines Götterwesens in die Fernen driftet der Unendlichkeit, die noch vor allen, die da *sind* im Unbekannten liegen. In ihnen findet statt der Schlummer der Gerechten Gottes, die sich eine Zeit der Ruhe gönnen, um dann wieder, Meinem Marschbefehl gehorchend, auf dem Weltenplan vor ihrem Resümee und Richtwert zu erscheinen.

Auf jeden Fall ist längstens fällig, dass du dich von Mir und Meiner Geisteskraft geführt und auf Trab gehalten weisst in deinen prächtigen Gestaltungen und seinsgewaltigen Illusionen. An Mir soll es nicht fehlen, dich darüber aufzuklären, was du wirklich Bist, im Nachschub Meiner Kräfte und Gewissenhaftigkeiten, götterlichten Seinsideen und Begriffen von enormer Wucht, die dein Seinsgefühl bei weitem übersteigen.

Weide dich an den, was du dir Bist, von Mir gegeben und gehalten, beseligt und umwunden in der Glorie des unermesslich reichen Weltenspiels.

2.11

„O sole mio", ist des herzensguten Weltenbürgers Lobgesang und Los in seiner Quadratur des Kreises und Begrifflichkeit vom Sein und Leben. Ich wünsche ihm Vertrauen an inmitten seiner Undurchsichtigkeiten und verängstigenden Seinsprobleme. Damit geht und steht er auf der rechten Seite, nämlich Meiner, in der hoch brisanten Auseinandersetzung, die er mit dem zeitlichen wie mit sich selber führt.

Zu gründen ist, was Ich hier präsentiere, auf das bewusste Seien Meiner selbst als kongenialer, rustikaler wie dem Sein verschworener Gebieter über alles, was da *ist*, in lockerer Synthese mit den Myriaden siebenflügliger genialer Geister Gottes. Sie umschweben Meinen Thronsitz und Befehlsstand, Meine Hocherhabenheit wie Meinen goldbetressten Sessel mit erwartungsvollen Augenheben.

Meine Meinung ist, was Ich auch wirklich will und was Ich bis zur letzten Konsequenz zum gloriosen Ende führe. Behüter Bin Ich Meiner Definitionen, Sanktionen und Beglaubigungen, die Ich als Mein Metier wie Meine schöpferträchtige Geruhsamkeit vertrete.

Mir muss in keinem Fall geholfen werden, derweil du dich mit einem Katalog von Stützungen versiehst, wo sich doch deine Lage nur verbessern kann durch intensiven Ratschlag Meinerseits zur Glättung deiner wirren Kapriolen und Verstiegenheiten. Wenn es um dich geht dann ist Mir nichts zuviel, um deine Seins-bedürfnisse aufs Trefflichste zu decken und befrieden. Bar jeder Eigennützlichkeit vermache Ich Mein unge-heures Seinsvermögen geradeaus an die, die sich seiner als gewandt und würdig, wohlgefällig und verwandt erwiesen haben. Nicht zu unterschätzen ist der Anteil Meines Eigenseins an dem, was Ich in Universenweiten aufs Tapet gebracht und allerbestens eingerenkt und eingerichtet habe. Das ist Meinem Götterwillen, Meinem Grossmut wie dem Umstand zuzuschreiben, dass Ich Bin und ohne jedes Deuteln, Kritisieren und Verunglimpfen auch bleibe in der Tat. Darin liegt auch die Beseligung und Lustbarkeit, Bereicherung und Hochbestimmtheit, die Ich längelang und breit ob alledem zutiefst empfinde.

2.12

Waterloo beendete Napoleons Karriere und damit den Abschnitt der Geschichte, der für Europas Fortschritt prägend war. Zu jeder Zeit betreten einzelne die Weltenbühne, um alte Zöpfe wegzuschneiden und um neuen vorwärtsdrängenden Ideen eine Chance einzuräumen.

Meine Stunde ist im Grund genommen immer da, doch braucht sie Hände, flinke Füsse und geeignete Gemüter, um sie zum Durchbruch wie zur Wohlfahrt oder Wucherung zu stilisieren.

Was manchem wohl so lang wie breit erscheinen mag, das hat bei Mir und Meiner Gründlichkeit System, das heisst, Ich überlasse nichts dem Zufall, derweil dieser die Tendenz hat im Chaos oder der Verstiegenheit zu enden.

Nun magst du noch so sehr und fleissig über deinen Büchern brüten, du findest darin keinen echten Ausweg aus der festgefahrenen Situation, in die du dich voll Nerv, naiv und fadenscheinig hast begeben. Wie du am Laufband einsehn kannst, bedingt es immerzu den Einsatz höherer Gewalten, die Ich Bin, um Ordnung, Sinn und Sauberkeit zu stiften in der Kuriosität der menschlichen Begriffe, Tugenden und Albernheiten. Ist dir das im Allgemeinen wie im Dich-Betreffenden vollständig klar, plausibel und verwirklichbar geworden, kann Ich dir rundum, sowie um viele Ecken, Kanten Unebenheiten und Verwüstungen die Wege öffnen, die unweigerlich zu Mir und Meinen fabelhaften Werten führen. Was bei dir noch Flucht, Fahrlässigkeit, Verzagen und Verzug bedeutet, ist bei Mir ein festliches Programm, von dem sich die gediegensten und fortgeschrittensten der Menschengeister gerne führen und begleiten lassen. Der Weg ist frei auch für dein rauschendes und tauschendes, taufrisch und würdiges

Benehmen, an dem die Menschen wie die Götter sich zutiefst erfreuen und erbauen mögen.

Was immer weiterführend, tolerant, verbindlich und vertraulich ist in deinem Dich-Erleben, kommt direkt von Mir im Sonnenglanz wie in der Sternennacht dahergefahren und versieht dich freilich, ausgiebig und beförderlich mit allem was du nötig hast in deinen seinsbeglückenden, befriedenden, entscheidenden und wonnevollen Kombinationen.

2.13

Wer kann mehr als Ich dazu geneigt sein, seine Schöpferqualitäten zu bewundern und in ihnen seinen Schluss und seine Ordnung, seine Referenz sowie das Gütesiegel seiner selbst zu sehn. Was Ich Mir eingestehe muss auch seinen Ausgang finden in der Mustergültigkeit von Meinen Werken, die sich silberglänzend durch die kosmischen Verräumlichungen ziehn.

Wo das Lichte dominiert, muss auch die Freundlichkeit und Liebenswürdigkeit der Geister Gottes dominieren, deren Träger und Beweger, Innewohner und Beglaubiger Ich Bin in jeder Hinsicht wie in allen Funktionen, die Ich ihnen guten Glaubens übertragen habe.

Meine Köstlichkeit ist wie aus einem Guss als in sich selber homogen, human, hermetisch und erfolgreich zu betrachten, in der Weise Meines Vorgehns wie des wissenschaftlichen Zur-Seite-Weichens nach Bedarf und Zügigkeit des sicheren Agierens.

Meine Meldungen sind sonnenklar verständlich für all jene, die in Mir den Vater der Verklärung und Versöhnung, Seinsgewissheit und Bescheidenheit gefunden haben. Ich ziehe Mich zurück soweit Ich kann, ohne dass der Fortgang Meiner Universenweiten Dispositionen

Schaden leiden könnte. Dadurch glauben viele, dass es Mich nicht gibt, doch wenn *sie* doch existieren, muss es jemand geben, der sie zum Sein erhoben und berufen hat.

Auch dir ist es anheimgegeben, dieser Wachheit und Wahrhaftigkeit gebührend auf die Spur zu kommen, damit du das verehren kannst, was deinen Ursprung felsenfest begründet und in seiner Güte dich in das Bewusstsein höchster Dignität und Wachheit, Vertraulichkeit und Zuversicht erhebt.

Allein nach diesen Werten sollst du streben, alles andere wird dir von Mir freimütig und gekonnt, grosszügig und gewissenhaft hinzugegeben. Deine Bangnis löst sich auf, und Lebensfreude, Seinsglückseligkeit, Wahrhaftigkeit und Lebensliebe füllen deinen geistbeseelten Busen.

2.14

Meinst du es ehrlich mit Mir, so kann Ich, was du in die Runde wirfst, auf's Wörtchen glauben. Wenn du dich vor dir selber nicht verbirgst, kann Ich mit aller Selbstverständlichkeit aus Mir wie dir hervorgehn, um so die ganze Welt aufs Wunderbarste zu beglücken. Meinem steten Einfluss ist es zu verdanken, dass sich das Gehörige gehörig auch verbreitet, um im Wohllaut des Gerechtseins wie Gefügigseins zu enden.

Ich vertraue Mich dir an auf eine Art und Weise, die so überzeugend wirkt, dass dir Meine Gegenwart gewiss wird und sich jedes Flüstern wie ein Donnerwort über deines Seelenseins Allwirklichkeit ergiesst.

Ich billige, was du erlebst, mit Meines Geistes auserlesenen Kreationen, die von allem Anfang an Entzücken und Begeisterung verbreiten. Worauf es ankommt weiss Ich dir aufs Innigste und Radikalste zu berichten, damit ein jedes deiner Lebenswerke sitzt, wie angegossen in der Seinskultur von Meinen eminenten Gnaden.

Ich schaukle auf und werfe nieder, was Mir eben zur Gefälligkeit erwächst in Meinen delikaten Perforationen. Mein Grundsatz lautet: perfekt ist, was spontan als ungemein gekonnt und tauglich, kunstvoll und subtil erscheint für Kennermienen. Glanz vom Gottesglanze muss es sein und Kreativität von Meiner Art Mich in Szene und Manierlichkeit zu setzen.

Mit grösster Selbstverständlichkeit verleih Ich dir ein Renommee, das sich vom Mund zum Ohr herumspricht, rascher geht`s nicht mehr. Bald pfeifens auch die Vöglein von den Ästen, was du dir leistest an Verstiegenheiten in perfektem Stil. Nicht deine, Meine Ansicht kommt damit zur Geltung und Gewähr. Erhabenheit und Sinnkraft sind auf jeden Fall präsent, wo *Ich* in Aktion und Tatenfülle trete. Gar nichts im Überschauen Meiner mustergültigen Gravur kann sich verlieren und nötigt alle Welt dazu, mit Beifall und Begeisterung, Steh-auf-Gebärden, Winken und frenetisch Bravo-Rufen nicht zu sparen, Meiner würdig und aufs Allergültigste genehm.

2.15

Rechnest du in Dezimalen, sind es bei Mir Werte von unendlichem Kaliber, welche Meine Auftragsbücher zieren. Dabei gelingt es Mir stets Überschüsse ein-zuheimsen, die recht wohlgefällig auf der Habenseite prangen. Die Moral von der Geschichte ist, dass es auch dir gelingen muss, durch Meinen positiven Einfluss Sicherheit im Pekinären zu erlangen.

Mit Mir auf Wanderschaft zu sein bedeutet Wohlfahrt und Entzücken, Hellsicht und Erbarmen an den Wesen, die Meine Seinskultur noch nicht ergriffen und begriffen haben.

Melodiös und mitteilsam sind Meine Lautenzüge, furchtlos und grazil das Überwinden noch so weiter Abgrundstiefen. Was in Mir gährt, bringt Süsse, saftige und pralle Früchte massenweis hervor. Das ist nun gerade Meine Art und Taktik, um überall beliebt und in Mich selber gar verliebt zu sein. Mein Antlitz ist mit einem sagenhaften Lächeln zu Mir selbst erhoben und befriedet und beglückt, was Ich Mir Bin, im Laufschritt wie der Liegenschaft der seinspulsierenden Äonen. Gediegenes wird wahr und ungerühmtes lass Ich in den Hades fahren. So halte Ich die Räume rein, durch die Ich Mich voll Anmut und Gewissenhaftigkeit bewege.

Leicht und luftig sind die Silberwölkchen, die an deinem Morgenhimmel stehn. Das kannst du ruhig als ein Zeichen Meiner Gunst und Güte, Daseinskunst und Kapriolenhaftigkeit verstehn. Wenn es um dich geht, ist Mir nichts zu viel, derweil es bei dir rasch einmal verzagte Blicke hagelt vor der Wucht der von dir aufgehäuften Affirmationen.

Hast du deine Devoirs im Allgemeinen zur Zufriedenheit erledigt, kann Ich dich mit Wohlgestimmtheit, Parität mit Mir, sowie mit Friedefertigkeit am Sein und Sinnen reich belohnen. Du darfst im Wohlgehalt wie in der Schicklichkeit von Meinen Meisterzügen selig ruhn und dich von den Strapazen deines Aufstiegs in Mein Segensreich aufs Trefflichste erholen.

2.16

Humanismus und Holdseligkeit sind bei Gott die Träger Meiner Philosophie der Menschlichkeit wie des Begütens Meiner Welt seit Urbeginn der Zeiten. Ich erachte es als unumgänglich, dass zum wahren Leben auch die moralischen, mitfühlenden und herzlichen Begriffe nötig sind, die Ich schon immer als ein Muss und eine Minne propagiert und vor die Menschenwelt getragen habe.

Meine Blicke überschauen, was da *ist*, mit unerhörter Anteilnahme und Beweglichkeit, womit es Mir gelingen soll, das Angeschlagene zu lindern und dem Fortgeschrittenen den letzten Schliff und die vollendete Gefälligkeit und Herzensgüte zu verleihen. In Mir und Meinem Geiste sind die eigentlichen Werte, Würfe, Wohlgefälligkeiten und Entscheidungen versammelt, die in Meinem Ehrenreich den Frieden, das gerechte Handeln wie die Einsicht etablieren, dass das Redliche und Gültige aus Meinen Schalen in die Universenweiten strömt, von Meinen Guss und Gruss und Narmen.

Kannst du ermessen, welche Sorgfalt und Entschiedenheit ein Phänomen wie *Ich* es Bin darauf verwendet, Wirkungen von fabelhafter Konsistenz, Natürlichkeit und allgemeiner Würde zu erzielen. Was dir schwant ist bei Mir längst zum hellen, azurblauen Tag geworden, an dem die Wesen samt und sonders ihre Freude, Freundlichkeit und Ehrfurcht vor dem Sein und Leben finden. In Tat und Wahrheit ist, was Ich Mir Bin, unendlich grandios und kann im Sinn der Reife, Rentabilität, Manierlichkeit und Mustergültigkeit mit nichts verglichen werden. Meine Sorge geht dahin, dass das Geschaffene aus dieser Einsicht unverkennbar reif und richtig wird dazu, Mein Zepter hochzuheben und dabei sich selber zu erleben. Das ist was Ich ihm zugesprochen, zugehalten wie zum verwandeln ins glückselige Gedeihen allertiefst empfohlen habe. So wirst du, was du Bist und was wir *sind* in der Gefälligkeit der gottbegnadeten Äonen.

2.17

Postwendend schicke Ich dir jedes deiner Bittgesuche retour mit dem gütestrahlenden Vermerk: Genehmigt unter der Bedingung, dass du dich selber rührst und richtest der Verwirklichung von deinen Herzenswünschen seinsgerecht entgegen. So wie Ich das gewohnt

Bin setze Ich den Hebel des gerechten Handelns an der Stelle an, wo die Wirkung optimal ist und die Mitarbeit von deiner Seite Resultate zeitigt von bemerkenswertem Schwung wie von unendlicher Gelassenheit im sinngerechten Operieren.

Du schweigst bewusst, damit Ich reden kann von dem, was dich beschäftigt und was eine Lösung fordert die verhält und die in eine Zukunft führt von freudestrahlendem Erwarten.

Du beginnst zu ahnen, wie verbindlich Meine Pläne sind, die akkurat dein Sein betreffen, wie die Möglichkeiten es zu einem Lobgesang und einer seelenvollen Hymne auf Mein Schöpferwort zu stilisieren.

Fortan weidest du dich an der Pracht der raumdurchschiessenden Gestirne und empfindest sie wie glitzerndes Geschmeide. in dein kosmisches Bewusstsein eingebettet und in ihm aufs Köstlichste bewahrt. Ein wahrer Held Bist du in dieser Attitüde und Gewissenhaftigkeit geworden, der sich unter Meiner Leitung in die Universenweiten schwingt, um ihnen seine Huldigung und innige Verehrung darzubringen.

Die seinserfüllende Synthese zwischen dir und Mir ist schon vor aller Zeit Mein Ziel und Meine Wendung, Mein Begriff und Meine Schicklichkeit gewesen. Alles mindere fällt schleunigst von dir ab, sowie du dich in treuer Meditation gedankenlos in Meine Sphären wahrer Geisteswirklichkeit erhebst und in ihnen Urständ feierst deiner Seinsbestimmung götterlich und hoch erhaben.

Nicht du bist es, doch Ich an deiner Stelle, der sich als das Wirkliche und Wirkende in jeder Hinsicht präsentiert, um alles Dasein in den Frieden und die Seinsglückseligkeit der universenweiten Gottesminne zu erheben.

2.18

Erwache, meldet sich die Stimme des Gewissens und versucht auf diese Weise, dich auf Meine grüne Seite hin zu lotsen. Die Erkenntnis deiner selbst ist Mir so wesentlich in deines Lebens Zweck und Zielen, dass Ich alles daran setze sie dir schmackhaft und plausibel als erstrebenswert und wundertätig aufzutischen. Manche wollens süss und ohne sich darum bemühn zu müssen, doch Ich sage ihnen frei heraus: schwierig ist es zu erringen und beansprucht dich ein Leben lang, bis es dir bewusst wird, wer du Bist in Meinem Direktorium, verehrten Mutterhaus und freudestrahlenden Dich-selber-Überragen.

Geist vom Gottesgeist Bist du und wagst es kaum zu fassen, was das für dich und deinen Lebensstil bedeutet, in das Künftige geschrieben. Die Siegel der Vernunft erweisen sich als brüchig und fallen restlos von dir ab, sowie du dich als Das erkannt hast, was die Welten schafft und prägt, bewegt und schlüssig in sich hält seit Generationen. Das ist der wahre Jakob, der so trefflich laborieren, insistieren und erwarten kann, was wirklich abläuft in der Weltentage Glanz und Glorie, Bitternis und Qual.

„O alte Burschenherrlichkeit, wohin bist du ent-schwunden", lässt sich der betagte Studius vernehmen. Doch dieser Art von Freisein soll nun ungesäumt die Meine folgen in der Folgerichtigkeit der weise-wissenden und praktikablen Überlegungen. Dass du Bist zu konstatieren, scheint dir keine grosse Mühe zu bereiten, aber dass du Mich Bist schon. Dennoch predigst du von allen Kanzeln und auf Myriaden Bücherseiten, dass es nichts gibt ausser Gott, dem Herrn und Seiner Sphäre der Allherrlichkeit in allem, was da *ist* und seine Universenkreise zieht. Das zu kennen kann dich Weise machen, kann der Selbst-Erkenntnis Tür und Angel öffnen und die Herzenswonne und Begeisterung am Sein und Leben, Singen und Gestalten noch dazu.

2.19

Ich versuche, Mich in dir zu äussern, was bedingt, dass du in traulicher Devotheit schweigend vor Mir ausharrst, bis die Ströme des Erbarmens und Erwarmens von dem einen zu dem andern fliessen. Du gerätst ins Staunen ob dem Seinsverkehr, den wir so selbstverständlich miteinander pflegen, vom Ich zum Du, von der Allherrlichkeit der Götterdynastien zur Bescheidenheit der aufgeschlossenen Monade.

Spürst du Mein Kommen, gehn dir allgemach die Seelenaugen auf und du erfährst in seinspoetischen Sentenzen, was du *Bist* und sein wirst alleweil in Mir.

Ich biete dir in altehrwürdiger Entschiedenheit das für dich Neue an, das dir das Geisteswirkliche, mit dem Ich operiere, offenbart. Bald wirst du darauf versessen sein, immer mehr von dem was dich umflutet zu erfahren in des wahren Lebens Richtwert, Mustergültigkeit und Stil. Wie kann dir das wohl nützlich sein, ist hier die Frage? Du gewinnst, indem du Selbstbesinnen übst, enorme Kräfte der Beständigkeit und Seelensicherheit, die dich mit Anmut, Charme und Eloquenz durchs anspruchsvolle Dasein führen. Durch Mich bist du immun vor Trübsinn und Verzagtheit, Unbeständigkeit und Ängstlichkeit geworden. In dem, was Ich dir Bin, entfaltet sich die Fülle deiner Seinstalente mehr und mehr und lässt dich köstlich und erhaben, zärtlich und mitfühlend werden. Meine Bastion der Güte und Gerechtigkeit hat sich wie eins zu eins auf deine übertragen, und nichts vermag sie mehr zu schmälern oder auszuhebeln in dem täglichen Gestürm, mit dem sich das Lebendige beladen sieht.

Mir gelingt, was niemand sonst erreichen kann in noch so vielen Schritten, Tätigkeiten und Verwirklichungen, dass die Lebensdinge sich zu einer Ordnung und Gefälligkeit von nie verebbendem Geschick zusammenfinden, um im einzelnen wie im gesamten Sein die Himmelsharmonie und Wonne des Gerechtseins zu begründen. Eintracht, Friede, Heiterkeit und Schönheit herrschen, wo Ich Bin und wo du Bist im Unergründlichen.

3

Von Güte eine anerkannte Spur

3.1

Benedien ist die Herzensstimmung, der Ich fabelhafter-weis obliege. Von Güte eine anerkannte und beseligende Spur führt von Mir zur Mitte allen Weltgeschehns und findet dort den Halt, der allen Wesen auch gebührt, in ihres Seiens respektablem Ritual.

Aufbau stilisiert das Weltgeschick und schöpferfreudige Vollenden Meiner Mission. Ich initiiere ständig neue Muster, die die Welttextur aufs Vorteilhafteste beleben. Mein Tun und Trachten ähnelt dem der kindlichen Gemüter, deren fantasierende Holdseligkeit das Paradies belebt, das sie sich selbst geschaffen haben.

Weitoffen liegt das Buch der sprossenden Natürlichkeit vor Meinem Schauen und bekräftigt, was Ich immer wollte, eine Welt voll Duft und Süsse, Abenteuerlust, Vermischung und Ergänzung der Ideen mit entsprechend glanzerfüllten und bewundernswerten Resultaten. Für Mich ist es erwiesen, dass Ich kann und dass Mein Können alles überwiegt und überrundet, was bisher im Ansatz wie in der Genügsamkeit geschah. In diesem Sinne ist Mir auch die Zukunft offen, die sich bis in das Unendliche erstreckt und keine Klage kennt und keinen Missmut über ein Zuviel.

Auch in deiner Hemisphäre wirst du es erfahren, dass der Hunger nach brandneuen und gediegenen Kreationen nie gesättigt werden kann, so wie es die gängigen und hängigen Propheten längst vorausgesagt und ihrem Volke eingetrichtert haben. Die Klarheit über Meine Pläne ist Mir stets ein Muss gewesen und so ist alles, was Ich wollte, wie am Schnürchen abgelaufen und geziemend abgehaspelt worden.

Was die Ruh betrifft, so ist sie ohne jeden Zweifel in Mein Sein und Sinnen integriert, dass Ich ihr beständig und geständig ebenfalls gerecht und sichtig werde, wenn ein Werk von Myriaden fertig und vollbracht ist in vollendeter Manier. Meine Sache ist es, Ausgewogenheit zu impulsieren im gottseligen Gemüte, dessen Ich Mich rühmen kann von allem Anfang an und ohne Ende Meiner meisterhaften, geisterfüllten Präsentationen.

3.2

Partielles ist nach Adam Riese immer auch dem Ganzen zugetan, von dem es stammt und dem es angehört zu immerwährendem Genügen. So Bist auch du ein eigenartig Teil von Meinem Universensein und Meinem Über-Mich-Verfügen. Bist du dir bewusst, was das bedeutet, brauchst du nimmermehr an dir zu zweifeln oder allen Ernstes zu verzagen, denn du kannst dir Meiner Hilfe in der Not gewiss sein in der Folge deiner anspruchsvollen Lebenstage.

Wie der Prinz im Märchen oder die Prinzessin auf dem Zauberschloss darfst du dich fühlen, indem du Meiner dich versichert siehst auf allen deinen weitgedehnten Lebenswegen. Statt Grimassen schneiden kannst du Lächeln mitten in der Unbill krisenhafter Zeiten, weil Ich wie ein Vater oder eine gute Mutter für dich Sorge trage.

Meine Meisterschaft erfüllt sich in der Folgerichtigkeit des Mich-an-alle-Welt-Vergebens. Das ist sehr bemerkenswert und soll von dir aufs Innigste geschätzt und estimiert, multipliziert, kapiert und ohne Scham empfangen werden. Das Lächerliche sollst du unbedingt zur Seite schieben, denn es passt nicht in die wundervolle Ordnung und Behutsamkeit, Generosität und Wohlbekömmlichkeit, die Ich ins Sein von Meinen Geisteswelten und Verwirklichungen eingepflanzt und eingemittet habe. Das ist Meinem Götterstil wie Meiner Wohlgesinntheit zu verdanken, die Ich gegenüber allem hege, was Ich zur Lebenswelt gebracht und in der Fibel Meiner Wundertaten aufgelistet habe.

Was aus Meinem Seinsgefühl wie Meiner mustergültigen Verfassung pausenlos entspringt, ist gar nicht ohne und entspricht dem Level, den *Ich* Mir angewöhnt und zugemutet habe. Meine Werke weisen wohlgemut auf Meine Weisheit hin im Weltenschaffen wie auf die Gewähr für bestes unterhalten und gestalten seiner Wünschbarkeiten. Coole Musse, warme Herzlichkeit und heiteres Gewissen sind als Mein Recht wie deins, in die Unendlichkeit geschrieben.

3.3

Mich mutet tragisch an, wie viele von den seienden Gestalten und Gewalten, Propheten und Proleten ohne einen Deut von seriösem Wissen ihre Meinung in die Welt hinausposaunen und damit Verwirrung und Verblödung stiften im Gerangel um sich her. Dabei könnten sie sich ohne weiteres auf seriöse Art und Weise bilden und zuletzt die Bildung über das Geschehn beschaffen. Sie müssen lauschend in sich selber gehn, um von Mir persönlich, angemessen, ausgesprochen seriös und adäquat ins Bilderbuch gesetzt zu werden.

Du traust dich kaum, dem Seelenblick zu trauen, der dich über dein Befinden aufklärt und dir haargenau berichtet, was mit deinem Seingehalt und Schema, Heiligenschein und tückischen Gestöber los ist in der schweren Schwierigkeit der kribbelnden Gedanken, die dich ständig malträtieren. Beginnst du Klarheit über dich, wie über Mich und Meinen Anhang zu gewinnen, kommt dir alles Dasein wie ein Märchen vor, in welchem du den Prinzen oder die Prinzessin vorführst mit durchzogenem Behagen. Mal vergiessest du die Menge silberglänzender und warmgefühlter Tränen, andernmals belachst du deine

Unbeholfenheit und deines Seins Regie in vollgestopften, kuriosen Zügen.

Ich schaue dir dabei von hinten über beide Schultern zu und amüsiere Mich an dem Gekicher wie am meilenweit zu hörenden Getöse, das du kunstvoll oder höchst blamabel inszenierst. Besser wäre es, du hieltest dich in deinen Grenzen, die in jedem Fall die Meinen sind, um dich vor Unheil zu bewahren und deinem Glück und Seligsein unendlich reichen Vorschub zu gewähren. In Tat und Wahrheit Bist du nämlich in Mir seiend unerhört bedeutend, lebenstüchtig und wie ein Versierter grandios. Alle Weisheit schiesst aus Meinem köchelnden Gefieder weltenweit hervor und begabt dich mit den nötigen Essenzen, die dich zweifelsohne in enormen Meister-schritten vorwärts dirigieren. Dein Heil liegt in der Fähigkeit allein auf Mich zu hören wie an der Kraft, die Meine Worte dir verströmen, um bis ins unendliche und wunderbare, glückseligmachende und heitere An-deinem-Göttersein-Genesen.

3.4

Sticht dich der Haber, will Ich dir zur Kenntnis geben, dass dein Bild von Mir noch viele blanken Stellen aufweist, die Ich auf deinen Wunsch recht gern mit Farbe, Frohsinn, Flux und Fabelhaftigkeit verseh. Deinen Scharlatanerien will Ich rigoros zu Leibe rücken und ihr Sein mit einer kühnen Wende wirkungsvoll ins Offset kehren.

Glaubst du denn Ich würde Mich auch nur um einen Deut von deinen Äusserungen beeindruckt oder gar beeinflusst fühlen. Meine Tunlichkeit und Tradition ist wie mit Flammenschrift in Mein Bewusstsein eingeschrieben und trägt sich fort und fort durch silberglänzende Äonen.

Willst du rütteln, rüttle lieber an der eignen Tür als an der Meinen. Öffentlich hab Ich schon lang erklärt, dass Ich der Verweser Bin von sämtlichen bewundernswerten Schöpfungen, die Ich Mir in aller Forum und Munterkeit, Mutwilligkeit und Pedanterie zugute halte.

In Meinem Fall fällt Mir so vieles an Bedeutung, Vorbildlichkeit, Ranküre und Bewusstheit ein, dass Ich nicht umhin komme, all diesem zur Geburt ins warme, linde Dasein zu verhelfen, das Ich Mir in Meinen Geisteshöhn voll Liebeslust bereitet habe. Schräg ist längst bei Mir gerade und zimperlich zum Inbegriff von Lauterkeit und Güte, Goldrichtigkeit und Taten-freudigkeit geworden.

Bevor Ich Mich zu Ruhe lege, will Ich noch bemerken, dass Ich Mich ohnehin getraue das hervorzuzaubern, was kein anderer sich je zu unterstehen wagte im Wagemut des weltenschöpferischen Tuns. Ich bringe rasch und zügig das hervor, was Mir spontan das Herz bewegt und lasse anderes verschwinden, das Meiner Ansicht und Gewissenhaftigkeit gemäss verstiegen ist, verblendet und im Grund genommen desasträs.

Dein Wille gleicht dem Meinen bis aufs Haar, sei hier betont und damit will Ich Mich ins hintergründige, verschwiegene und wonnevolle Göttersein verziehn.

3.5

Ich kann nur Mir selbst gehören in der unerschütterlichen und bewundernswerten Logik, die Ich Mir zugute halte. Mein Sein ist Willkraft, purpurperlende Potenz und metaphysisches Geleiten Meiner selbst ins unermessliche Gedeihen. Niemand als Ich selbst kann Mir die Stange halten, wenn es gilt, Mich in der Lebenssturmflut zu behaupten und auf klarem Kurs zu bleiben nach dem Motto: Mein authentisches und zauberhaftes Gottesbild ist grandios und kann von keiner noch so würdigen und seinswahrhaftigen Instanz bemängelt oder ausgebootet werden. Was dem Geistesport von Meiner Sorte, Selbstbewusstheit und Regie gelingt, wird wohl keinem je gelingen, der sich noch so sehr im Löken auflehnt gegen Mich und Meine seinsbedingten Kapriolen.

Kreativität von höchstem Rang ist angesagt im Feld und Umfeld Meiner universenweiten Liebestaten. Das Erbarmen an Mir selbst ist ebenso balsamisch und plausibel wie gerecht und gütig, konsequent und über alles seinsgediegen. Was Ich Bin besteht aus nichts und allem, was da *ist* und was gespenstig und gesundend, liebenswürdig und umrundend alles einschliesst, was zu denken ist in den Allweiten Meines gegenwärtigen Mich-selbst-Befindens. Ich kann Mich Meiner selbst beileibe nicht erwehren, aber Meines Schöpfertums Bewusstheit Mich beehren kann Ich schon. Keiner Sorge um Mich selber fähig trete Ich zu wohlgemessenem und kräftigem Agieren an, um wunderbares zu vollbringen im vielgeliebten Sternenkreis, den Ich um Mich geschart und zu Meinem Wonnesein und Sinnbild eingerichtet habe.

Damit entwerfe Ich ein Bild von Mir sowie von Meinem Abbild, das Ich in dir Bin und deinen Sagenhaftigkeiten. Weihe dich dem Sein will Ich dir hier bedeuten und verweile, wo du immer Bist, in Mir und Meinem hocherhabenen und wonnevollen Seinsgenügen.

3.6

Restriktionen sind in Meinem Weltbild keineswegs vorhanden. Ich agiere mit der Überzeugung, dass Mir alles wohlgelingt was Ich mit Meiner Schöpferkraft berühre und zum optimalen Ende führe. Mein Wahlspruch lautet: lege Herzensgüte in dein Tun und lasse dich durch nichts beirren in der götterlichten Absicht, die du in dir hegst. Das Konto Meiner

Liebestaten schwillt vom Tag zu Tag beträchtlich an und offenbart die Art und Weise, wie der Gott der Anmut und Gerechtigkeit, Liebenswürdigkeit und Willkraft vorgeht, um sein Soll und Richtmass sicher zu erreichen.

Mir obliegt es, Meiner göttlichen Potenz gemäss wahre Wunder zu vollbringen, denen jeder Beifall zollt, dem sie mit Glanz und Gloria erscheinen. Ich Bin das Redliche an sich, dem man bis zuhinterst und zuletzt vertrauen kann in seinen zartgefühlten Applikationen. Miserables weise Ich weit weg von Mir und spende Güte, wo Ich kann, im Umkreis Meiner gottgesegneten und weisen Aktionen. Mein Erfolg in allen Disziplinen Meiner Herrschaft ist zum vornherein gesichert und überträgt sich auf die Myriaden lauschender Gemüter, die von Meinem Sang und Klang gerade das gewisse Etwas intus haben.

„Wohl bekomms", ist Meine gängige, gutherzige Parole, an deren Schweif und Schwift die Augen Meines Volkes kategorisch hangen. Zuvörderst wie zuletzt jedoch ist alles ganz allein Mein Weltenwerk, das Ich in allem, was da *ist*, mit Innigkeit, Durchtriebenheit und Vaterwürde zielbewusst vollbringe.

Wie die schlanken Schwanenhälse ragen Meine delikaten, genialen, leutseligen und prächtigen Kreationen ins Sternenall empor, von dem vor allem auch die überragendsten Poeten ein berückend Lied zu Zimbeln wie zu Hafenklang zu intonieren haben.

Wer immer will und kann, soll sich mit allergrösstem Vorteil an das lebensfrohe Bildnis halten, das Ich in eigener Regie und Fabelhaftigkeit entworfen und im Universenraum verwirklicht habe. Veni, vidi, vici sing Ich dir in beide Ohren und beglücke dich mit reiner Lebenswonne noch dazu.

3.7

Ich warte und erwarte nichts von dir als eine milde Gabe deinerseits an Meinen integral geführten Fürstenhof. Worauf Ich sehr erpicht Bin, sind die Meldungen aus erster Hand der Meinen, die Mich wie nichts ergötzen und Meine Neugier aufs Entschiedenste befrieden. Es ergibt sich wie von selbst, dass einzelnes hervorsticht und die Szene ungemein belebt, in der Ich Mich mit exquisitem Wohlbehagen und gepfeffertem Salut befinde. Wohlan, es mehren sich die Zeichen reiner Gunst am Sein und Leben, die Ich Mir mit leichtem Sinn und seelenvollem Touch entgegenbringe. Von nichts behindert trete Ich als Herold Meiner selbst wie aus dem Nichts hervor und überströme alles, was Ich Mir geworden, mit dem Lichte reiner Weisheit und Beständigkeit von überirdischem Gewahren.

Grandios ist, was Ich alles um Mich her mit ausgesprochenem Entzücken und beseeltem Eigenlob entdecke, um es in der Folge immer weiter, immer höher in das allgemeine Weltensein hinaufzuführen. Das wird dann zu einem Freudenfest von götterlichtem Sinn und Seinsgenesen, in dem Ich Mich erschaue und aufs Köstlichste daran erbaue.

Was Mir denn zu eng war weite Ich beständig aus, um es zum angemessenen, von dem was Ich Mir Bin, zu stilisieren. In feiner Trautheit finde Ich Mich wie im Einzelnen so in der Allheit wieder, die Ich ruhigen Gewissens als Mein Milieu und Mein Revier der Götterdämmerung gewahren und bezeichnen kann. Das Reelle bahnt sich eine Spur vom Hier zum Dort sowie zum Überall, wo Ich Mich selbstverständlich und jovial, verräterisch und dennoch höchst geheimnisvoll befinde. So reiht sich Glück an Seligkeit, Gutmütigkeit an Generosität und bringt der Allgemeinheit dar, was Ich als tunlich und geziemend, sanktioniert und wesenhaft empfinde. Will heissen: in der gottgesegneten Substanz und Seele, die Ich Mir seit aller Zeit mit Ehrfurcht und Ergebenheit, Bewusstheit, Intensität, Manierlichkeit und Wesenswonne, Zartheit und vibrierender Glückseligkeit zugute halte.

3.8

Der Geistgehalt von dem, was *Ich* dir hier besage, ist enorm und will sich fort und fort in eine ganze Menschheit integrieren. Mein Wille will in seins-geschwisterlicher Weise das verbreiten was wie Stern-staub in den Sonnenlüften schwebt und glänzt und glitzert, seelenvoll familiär.

Gedanke reiht sich an Gedanke von den Schätzen des Erinnerns, über die Ich in bezaubernder Genügsamkeit verfüge. Gross und grösser wird der Kreis von denen, die Mein sermonieren innig zu vernehmen sich bemüssigt fühlen.

Alles hat mit allem aberviel zu tun will Ich bekräftigen und dabei betonen, dass Ich der Allereste Bin am Bug der Zeit, doch als der Zweite kannst du Mir, wenn du nur willst, mit recht geringem Abstand folgen. Mein Handwerk ist von Einfachheit, Gutmütigkeit und Bodenständigkeit beseelt und zugleich vom Triumph der Geistesgegenwart durchzogen. Was du in diesem Fall nicht kennst, kann dir noch werden, indem du dich an Meine grüne Seite setzest und der Lernbegierigkeit obliegst. Was Wachheit ist im Geiste wirst du unverblümt von Mir vernehmen, und wie du sie erlangst durch innig ausgeführte Meditationen. Du wirst Gewahren, dass Ich Bin und dass du Bist in einer unwahrscheinlich seligmachenden Synthese zweier wunderbarer Einigkeiten. Nur soviel Wissen sei dir noch von Mir erwiesen, dass alle deine Eigenheiten schliesslich Meine sind im Dachverband, den Ich in universenweiter Seinsgeselligkeit begründet habe. Ängstlichkeit in diesem Kontext ist zwar nicht vonnöten, aber Ehrfurcht schon vor soviel Traulichkeit und Güte, Köstlichkeit und Virtuosität, die Ich dir von Meiner Seite liebevoll und redlich zugesteh`.

Was Ich dir gestatte ist so etwas wie Mein Fell zu krauen mit der Absicht, Meine Gunst und Seinskunst zu erlangen. Das gereicht dir dann zum allergrössten Heil, sowie zur Heilung deiner in dich eingebürgerten Gebrechen durch massiven Einfluss Meinerseits mit seinsgewissem Glücksgefühl.

Der Allgeist, der Ich Bin, wird ohne jeden Einwand alles überleben, was sich angesammelt, angeheuert und vertieft hat, in der ungeheuren Eigentümlichkeit der Weltenmelodie. Was aus dem reinen Sein entspringt ist dazu ausersehn, ihm ohne Pardon wieder wissentlich anheimzufallen wie der Stein ins Wasser, um dort neue, makellose Kreise zu auszuziehn.

Bin Ich ein Rufer in der Wüste, sollst du es mit Haut und Haar auch sein, damit an sich gesagt ist, was du meinst, selbst wenn es niemand hört mit hochgestellten Ohren. Der Brand in Meines Herzens Beuge weitet sich, wie Flächenbrände durch die Steppenweiten rasen. Er vernichtet dürr und schal gewordenes und bietet Raum für neues, köstliches im Umkreis seiner seins-geschwisterlichen Liebestaten. Es ist die Kraft der kreativen Geister, die sich allüberall bemerkbar und berühmt macht in den kosmischen Dimensionen, die Mir eigen und bewusst sind hell und heil und sonnenklar.

Das Kontraproduktive steht im Grunde Meinem Duktus hilflos gegenüber und ist sogar von Mir dazu verpflichtet, heldenhaftes, gottgefälliges und wunderbares zu bewirken. Ist es nicht heut, so ist es morgen, denn Mir ist die

Zeit noch nie davongelaufen, derweil Ich in Äonen rechne und vom Götterstandpunkt aus die Welt viel schicklicher, als du es kannst, versteh. Glaube und erlaube du, was Ich Mir Bin, in deiner innehaltenden Gewähr für besseres, gediegeneres und friedevolleres als es je vordem war.

Das Konstruktive ist in Meinem Milieu im Überfluss vorhanden und hebt und leitet alles, was da kreucht und fleucht zu Mir und Meinem seinsbewussten Überall empor. Was immer Ich als Mich markiere, bleibt für Ewigkeiten von dem Göttersein berührt, das Ich mit Nachdruck, Sinngehalt und Bodenständigkeit repräsentiere. Gelinde Zartheit ist dort angesagt, wo Ich am Ruder Bin und Mich des Freudeseins und der Glückseligkeit beehre.

3.9

Ein Weltallfieber ist der Menschheit auferlegt aus tief bewegten Gründen, um sie zur Raison sowie zum Raisonieren Meinem Sinn gemäss zu konvertieren. Erst wenn Ich ihr das Bitter-Nötige entziehe, hört sie auf Verschwendung zu betreiben und Verachtung ihres Ichgefühls. Was immer du in deiner Eigensinnigkeit erwogen, klingt bei Mir in aller Deutlichkeit und Schärfe an und führt Mich dazu, dein Gehaben explizit zu kontrollieren und daraus die dir gemässen Schlüsse und Bedingungen zu ziehn.

Was gilt`s, Ich spende Frieden, wo noch Unrast und Verwünschung thronen, ziehe Meine Zügel an, wo die Pferdchen allzu frei und übermütig, erfinderisch und wohlfeil ihre Tugend torpedieren.

Rufe weniger Sankt Florian denn dich in deinem Innern an, um Unheil abzuwenden und dir neue Perspektiven zu eröffnen auf der schief gewordnen Lebensbahn.

Zirkuliert ein zierlich Hündchen im Quartier, so kannst du dir zu denken geben, dass für Mein Mir-selbst-Genügen nur ein Sternbild mit demselben Namen seinen Zweck erfüllt Mir Bewegung zu verschaffen und unendliches Relieve. So bewirke Ich in dir die Absicht, grandiosem statt geringem nachzujagen und dich darauf zu besinnen, was du wirklich Bist, in deiner Augenfälligkeit vor götterlichten Blicken, Prophezeiungen und wohlgemeinten Infiltrationen. Vor allem schwärme Ich von dem, was Ich in dir als Meines Teils Konstante und Versuchslabor errichtet habe. Gerade das verleiht dir den Impuls, dich endlich aufzuraffen und nach Meinem Vorbild und Verfügen dich fortan in besserer Beschaulichkeit, Natürlichkeit und Beispielhaftigkeit zu halten, als es bis dato dir gelang.

Alle Meine Wege führen dich ins städtische von Romulus und Remus, wo es dir ein Muss ist, aufzuräumen mit Verbissenheiten im Sakralen, notgedrungner geht`s nicht mehr. Meine Welt- und Weitsicht offenbart sich ungesäumt in deines Seelenseins Revier, wenn du nur willst von Meiner Seite was erbauliches, beschauliches und hoch beglückendes erfahren.

3.10

Ich dränge Mich nicht vor, um etwas in die Menschenwelt posaunenkräftig zu entladen. Mein Wort ist der Verinnerung und Schlichtheit zugetan, um dort zu wirken, wo es wirklich Not tut im Gewissen der vor Mir versammelten Gemüter. Sie liegen flach vor Ehrfurcht, wenn sie Mich im Lichte der Allherrlichkeit von weitem kommen sehn. Was Mein Gehaben anbetrifft, muss Ich, Allgegenwärtiger, zum Hiersein keinen Finger rühren. Meine Seinspräsenz in allem was da lebt und sich bewegt ist Legion und kann selbst mit den Kühnsten, Klügsten, Griffigsten und Genialsten Argumenten niemals ausgelöscht und wegbedungen werden.

Ich protestiere gegen nichts und niemand, deren Machenschaften regelrecht zum Himmel schreien. Sie geraten in die eigenen Fänge alsogleich wie ihre Tage, Taten und Verbindlichkeiten dazu reif sind, vor der Welt enthüllt und ausgebracht zu werden. Das ergibt dann staunende Gesichter über die Verwegenheit der cleveren Akteure, denen nichts zu viel ist, um ihr Wirken zu verheimlichen und ins Nebulöse aufzulösen.

Mir hingegen ist es sehr daran gelegen, in der Offenbarung Meiner selbst voranzukommen und in Zeichen wie in Wundern lichtes und bewundernswertes zu gebären.

Alles richtungweisende und wirklich relevante ist bei Mir in Fülle abzulesen. Es verändert, was du Bist, vollkommen auf der Fahrt und Fährte zum erhabenen Design, das Ich von dir entworfen und verworfen, ausgeklügelt und schlussendlich gutgeheissen habe. In Meiner Überlegtheit, Überlegenheit und Salonfähigkeit kann niemals etwas schiefgehn oder zweifelhaft erscheinen. Meine Zügel sind komplett auf Wachstum und Verwirklichung, Edelmütigkeit und Trautheit mit den Meinen ausgerichtet und entfalten sich wie Kirschbaumblüten zu enormer Himmelsgrazie, Libellenflügelpracht und Lieblichkeit im unerschütterlichen Werden und Vergehn.

3.11

Im Addieren willst du alles, was da *ist*, auf deine Seite legen, um mit ihm abzuhauen weit hinaus ins irgendwo. Was du damit anstellst, muss wohl deine Sache sein und was dabei herauskommt will Ich dann in Meine Obhut nehmen.

Was Ich, gelind gesagt, mit dir im Sinne habe, übertrifft bei weitem das was du dir je und jemals hättest Träumen lassen können im Geviert der Nächte, die *Ich* dir zur Erbauung Tag für Tag beschere. Bist du bereit Mein Weistum und Verdikt mit Anmut anzunehmen, verwöhne Ich dich mit Verbindungen, Verwindungen und Floskeln aller Art, die dich schlussendlich auf den wohlbekannten grünen Zweig hinaufzuheben wissen.

Was du immer vorhast habe Ich zuerst erwogen, um es dir schmackhaft und begehrenswert zu machen im allweltlichen Betrieb. Nur die wesenhafte Solidarität und Minne Meinerseits, wie auch von deiner Seite, kann das bringen, was schon seit Urbeginn im Buch der Weisheit steht, das Ich geflissentlich, gutmütig und galant über Generationen und Äonen weiterführe. An jedem Meiner Fäden hängt ein gütestarrendes Genie, von dessen Fähigkeit zu glänzen ohne zu begrenzen Ich seit jeher überzogen Bin. So will Ich es gewiss auch mit dir halten, wenn du nur die Gnade hast, die Dominanz und Durchschlagskraft, Besonnenheit, Besonderheit und liebevolle Ladung Meiner Aktionen einzusehn. Es geht von Mir ein Sprichwort zu dir aus und findet Mich dann schleunigst wieder: dass es gang und gäbe ist, sich mit Mir niemals anzulegen, weil das Stürme generiert von unerhörter Wucht und Willkraft, bei denen du auf jeden Fall den Kürzern ziehst trotz deinen wasserfesten Sumpfgaloschen an den klitzekleinen Füsschen.

Ich geh konstant voran und dir gebührt es, Mir in allem Ernst zu folgen auf der Bahn der Seinswahrhaftigkeit, beredten Klugheit, Redlichkeit und Virtuosität im Pläneschmieden und -verwirklichen, sowohl in seins-beglückender wie Alle-Welt-entzückender-Manier.

3.12

Was du suchst ist bei Mir bald gefunden, was dich aller Sorgen ledig macht, kannst du bei Mir in reicher Fülle gratis haben. Ich wende Mein Geschick auf alles an was

Spontaneität, Natürlichkeit und Redlichkeit erfordert in der langgedehnten Reihe von pikanten Forderungen, die vor Meinem sinnenden Gemüte stehn. Griffbereit sind die diversen Applikationen, denen Ich Mein Ansehn, Meinen gloriosen Nimbus wie auch Meinen Ausblick ins Unendliche verdanke.

Schon lange ist es her, dass Ich begonnen habe, Mich als das in petto zu erfühlen, was da *ist* und war und sein wird ohne jeden Abstrich in der Seinspräsenz wie in des Götterseins unendlich zuversichtlichem Gehaben. Mein Schritt ist auf Erfolg und Fertigkeit, Verlässlichkeit und kapitalen Kunstsinn eingeschworen. Das hat den Vorteil, dass bis auf minime Aberrationen alles stimmt, was Ich im Mächtigsten wie im Geringsten planvoll unternehme. Bezeichnend ist die allgemeine wie die seelenvolle Güte, mit der Ich selbst die heikelsten Probleme spielend löse und in Meinem Weltsein hier und dort mit Vehemenz und Wirkkraft, Kompetenz und Fabelhaftigkeit gelassen etabliere.

Nur Mir kann es gelingen, alle Meine Taten als gelungen anerkannt zu sehn und Mir allein gebührt es, von der Menge stets gelobt statt kritisiert, geschätzt statt abgetan zu werden. An Meinem Stil ist gottbeseeltheit wie begeisternde Beweglichkeit und Weisheit abzulesen. Mein Ding sind die enormen Geistesgaben, die Ich freimütig und gelassen, wohlerwogen und gekonnt unter Meinem auserwählten Volk verteile, um durch sie die ganze Wesenswelt zu fördern und auf Meine Linie einzufuchsen. Dies geschieht mit übersinnlichem Bedacht wie mit Geduld und Anmut des gottseligen Belehrens, dessen Ich Mich rühmen kann seit Urgedenken. Ich weiss beständig was Mir frommt und das gerade soll auch dir mit Wonne im erheiterten Gemüte koscher sein.

In die Länge zieht sich, was auf breiter Front daher-
kommt im Geleitzug der Mir zuströmt seit Äonen. Alle
wollen mehr erfahren über sich und ihres Wesens
filigrane Seinsstruktur wie über die Beglaubigungen, mit
denen sie von Mir begabt sind, im lichterstrahlenden
Umfloren.

Was Ich den Scharen der Gerechten Meiner Zunft und
Zünftigkeit, Beredtheit und Magie in Fülle zu vergeben
habe, sind die geistigen Potenzen, mit denen Ich sie bei
der Stange wie bei guter Laune zu erhalten pflege. In
dieser Hinsicht ist Mein Beutel niemals leer, weil alles,
was von Mir kommt, auch von dir, in Mir und mit Mir
generiert wird in seinsbeglückendem Monieren. Wo
immer es zum Eklat kommt, Bin Ich sogleich zur Stelle
und beschwichtigte und forme neu, was sich im Zeiten-
lauf verbogen. Mich kann man weder hinters Licht noch
vor es führen, weil Ich es selber Bin in wunderbarer
Ebenmässigkeit und ausserordentlich gemässigter Struktur. In Meiner Obhut hat sich wahrlich niemand zu
beklagen, weil Mir die Güte und Gewandtheit, Weisheit
und Bewusstheit ins Gesicht geschrieben steht.

Glaubst du an Geister? Siehe hier Bin *Ich* als der
Bedeutenste von den unendlich vielen, in die Ich Mich
gegossen und verbreitet habe. So reiche Ich denn von
dem Universensein, das Ich Mir Bin, in ungezählten
Stufen bis zu dir hinunter, um dein Heil und deine
Wohlfahrt, dein Equilibrium wie deine Herzenswonne zu
begründen. In Mir ist alles gut, was ehdem in dir dürftig
und bedürftig war. In Meinem Reichtum geht die Reise
ins unendliche Genügen an Mir selbst, sowie an dir, der
du Mein Ahne bist, Mein vielgeliebtes Jetzt wie Meine
sagenhafte Zukunft in den veritablen Geisteshöhn.
Kannst du begreifen, was es heisst, so etwas wie im
Winde zu verwehn und dabei allen Schneid und alle
Würde zu verlieren? Das ist, damit Ich Mich an deine

grüne Seite stellen kann, um dir unendliches Vertrauen, Seinsgefühl und Wohlbefinden einzuflössen. Deine Züge glätten sich und dein Befinden wird normal wie eh und je in der Gewissheit deines wonnevollen Seinsgenügens.

3.13

Ich weiss Mich zu benehmen bis zuletzt in Meiner Art die Weltendinge aufzufassen und dem Wohllaut anzupassen, dem Ich Mich in Meiner Urgemütlichkeit aufs Trefflichste verschrieben habe. Ich wende Mich dir zu und teile mit dir alle Sorgen auf dem figalanten Erdplaneten.

Mein Richtwert geht dahin, der Menschheit buntgeschecktes Wenn und Aber dem Verständnis dessen, was sie in Mir ist, hinzuzuführen. Ich wache, bete und befinde über ihr genauso wie sie über Mir und Meinem Dasein wachen sollte. Wir sind selbander tief verbunden und haben alles Sein und Sinnen miteinander auszukosten, generationenlang und glaubenstief. Von Meiner Seite bist du bestens damit ausgerüstet, allen Forderungen des gemeinen wie des Geisteslebens ausgezeichnet nachzukommen. Was in dir tickt sind Meine sinngeladenen Formationen und was dich aufrecht hält ist das Gerüst an Gottesgnaden, das Ich dir seinsbewusst und innig, majestuös und zartgefühlt zugutehalte.

Was *Ich* wende ist für Ewigkeiten umgetan, wem *Ich* seine Richtung weise geht direkt und wohlgemut, feierlich und unerbittlich dem Unendlichen entgegen.

Was Ich von dir erwarte kommt dem väterlichen Wunsche gleich, demselben Ruf wie der Berufung nachzufolgen, die er selber einst ergriffen hat in seinen wechselvollen Jahren. Das mag verständlich sein, in Meinem Fall jedoch ist es ein Muss, das nur mit allergrösstem Aufwand und herzinnigem Vertrauen abzuhandeln ist.

Mein Habitus wie Meine Herrschaft sind sowohl von dieser wie von jener Welt, und ihnen anzuhangen kann von keinem Wesen einfach so umgangen und gemieden werden. Was in *Meiner* Absicht liegt, wird einmal auch von deiner aufgegriffen und verwirklicht sein, damit das Ganze, Universenweite rund läuft mit unendlichem Behagen.

Mein Konzept gewährt Entspannung und Relieve nach hartem Einsatz und ist sowohl der Menschen- wie der Götterwelt aufs Wonnevollste zu empfehlen.

3.14

Das Absolute kennt sich aus in allen Sparten geisteswissenschaftlicher Belange und verbreitet seines Wissens Wohlverstand an alle, die es innig lieben. Es offenbart sich hier die Grazie des Himmels, die noch über jedes seiner Kinder Aufsicht hält und es mit dem begabt, was ihm am ehsten nottut im Gewoge seiner Lebenstage.

Auch heute noch ist es nicht ohne, zuzeiten unter einem Lindenbaum zu weilen, um sich der Stimmung ruhiger Gelassenheit vollends dahinzugeben. Das stärkt die Seele und verleiht ihr die Bedingungen des Friedens, die sie sicher und beständig machen im Allhier. Was Ich will ist das Betonen einer Lebensart von stiller Dankbarkeit den Schöpferkräften gegenüber, die das alles mit soviel Bedachtsamkeit und Wohlgemutheit, Liebenswürdigkeit und Wohlverstand geschaffen haben. Das ist ein Geistkredit in vollem Umfang, der dir zur Verfügung steht für alles, was du generieren willst in deinem Drang, dich gütlich und gekonnt im Leben einzurichten und es tatenkräftig zu bestehn.

So wie du`s willst kann es auch weitergehn, nur sollst du dir bewusst sein, woher die Dinge deines Daseins stammen und dir in wunderbarem Gleichmass zur Verfügung stehn. Es handelt sich hier um die sukzessive und begeisterte Erfüllung einer Pflicht, die das befördert, was zu führen ist und was dem Geselligkeit bereitet, dem Zerstreuung und Relieve gebührt.

Wie galant und schön ist es, wenn sich die handelnden Gemüter bis aufs Detail recht und wohlgesinnt verstehn und sich alle Mühe geben, auf dem schmalen Grat der Seinsverständigkeit und Liebenswürdigkeit im vollen Gleichgewicht voranzuschreiten.

Verstiegen hab Ich Mich noch nie in Sachen Vortrag dessen, was zu tun ist in der Welt der Charaktere von so phänomenal gearteter Verschiedenheit, nur dass sie Meinen Lockruf konstatieren und schlussendlich akzeptieren, als das Nonplusultra der entscheidenden Belehrung. Alle sind Mir lieb und gut in diesem Kontext und Verfahren und lassen sich gelassen auf den Nenner bringen der beglückenden Gottseligkeit, von der sie doch schon hier und dort und immerhin im absoluten Seins-vertrauen und -beschauen, Aufzug und Genügsamkeit gekostet haben.

Restauriere, sag Ich dir und füge bei: behalte deinen Witz und deine Inspirationen, damit das Ganze fabelhaft herauskommt und das Auge leuchten lässt in seinem musterhaften Meditieren. Ich frage dich nicht viel, doch hast du freilich Ursach, Mir in aller Offenheit, Wahrhaftigkeit und ehrenhaften Zucht darauf das Rechte zu erwidern, dem Ich trauen kann und wakres Lob verteilen.

Hinkst du, so hinkst du mit dem Kopf und erst danach mit deinen Füssen. Das bedeutet, dass die Weltendinge sich nur durch den wachen Geist bewegen lassen und meist noch in der Unvernunft sowie im Undank stecken bleiben. Meiner Wirklichkeit gemäss verändert sich der Welten Wesen unaufhörlich Meiner Hoheit und Allherrlichkeit entgegen. Du bist dabei aufs Dringlichste gehalten an demselben Strick zu ziehn, den Ich in aller Hände Bucht und Wucht gelegt seit etlichen Äonen. Wo deine Arme wirken, können Meine stillestehn und wo dein Einsatz Form gewinnt und Farbe, überträgt sich, was Ich will, auf deine klugen Fugen und begeisternden Inventionen.

Mir schwant ein freigesetztes Menschentum von rechtem Sinn mit einer Würde des Gestaltens ohnegleichen, wie von einer Einsicht in die Göttersphären, die ihr Meine Absicht und Verbindlichkeit mit allem, was da *ist*, eindringlich offenbaren. An diesem Fädchen will Ich eine Myriadenschar gemächlich und gekonnt, vertrauensvoll und unablässig zur Vollendung führen. Es geht voran, kann Ich dir ohne weiteres bedeuten, und deine Züge straffen sich zu einer Mahnfigur von unerhörtem Rang und Namen. Deine Werke wirken wie ein Feuer, das dazu bestimmt ist alles zu zerstören, was da bisher war und Neu-Erdachtes aufzurichten, dass es eine Pracht und Freude ist es mit dem äusseren wie innern Auge zu gewahren.

Fehlt dir nichts, so warte Ich schon längelang auf die Bestätigung von Meinen Seinsimpulsen deinerseits, die sich in Meinem Sinne an die Regeln Meiner Gunst und Kunst voll Eifer halten wollen. Das nenne Ich Erfolg und guten Mut in der Erfüllung und Erfahrung dessen, was Glückseligkeit gebiert.

3.15

Konkurrenz hat niemand weniger als Ich zu fürchten, wo noch so viel gehandelt wird, errungen und ertrogen.

Meine Mitte ist das Zentrum aller Mitten die da sind und ihren Schmelz und ihren Nennwert wohlgemut verteilen.

Um wahrhaft grandios zu sein bedarf es bei dir vieler Kenntnisse und Schliche, raffinierter Winkelzüge und gerissener Methoden. Bei Mir ist jedoch eines nur von Nöten: ehrlich, redlich und vital zu sein im gottbegnadeten und zielbewussten Pläneschmieden.

Hast du begriffen was es heisst mit einem Gott in Dialog und Austausch, Sachlichkeit und Seinsgefühl zu treten, bist du mit einem Reichtum und Gewinn gesegnet, der sich wahrhaft sehen lassen kann von allen dargereichten Seiten. Du wirst als Vorbild und Bezug zu vielen Offenbarungen gehandelt, wie es einem weise Wissenden wohl ansteht.

Was Ich einmal ausgesprochen habe, brauche Ich nie mehr zurückzunehmen, weil es sitzt von Anbeginn und Segen, Sicherheit und Wohlgefühl verbreitet. Steht auch noch vieles Kopf in deinen Breitengraden, kann Ich dir versichern, dass in Meinen alles senkrecht auf geschwinden Füssen steht, die selbstbewusst und majestätisch vorwärtsschreiten. Ich ziehe es bei weitem vor nur Dinge anzugreifen, die Erfolg versprechend und salouber sind, statt Mich durch zweifelhafte Lichter und Quartiere durchzuschlagen. Somit stoss Ich niemals an und geniesse Meines Freiseins Zunft und Zirkulation in vollen, runden Zügen.

Wohlgetan ist immer auch bewusst und klargesichtig handeln und verhandeln an der Welt, in die dich geschickt hineingeboren. Das verleiht dem Auftritt deiner Fersen Flügel, will es schon dem vifen, windgeschwinden Pegasus vergönnt war. Was gerade dir zu gönnen ist, sind Meine blitzgescheiten Lehren, denen niemals etwas beizufügen ist in ihrer Konsistenz,

Aufrichtigkeit und benedeiten Würde, die sie rings um sich verbreiten. So gewinne Ich, wo andere verlieren und beziehe Mich auf das Allewige und Wohlgefällige, Glückseligmachende und Zuversichtliche in Meinen Hintergründen.

4

Deiner Lebenslage Auftrieb und Relieve

4.1

Was ist berührender als dich, geliebtes Menschenkind, in Elend und Verruf zu wissen. Da ist Mir nichts zuviel, um deiner Lebenslage Auftrieb und Relieve, Vollständigkeit, Natürlichkeit und Anmut zu verschaffen. Immer noch geschehen schmerzliche Verluste die keineswegs in Meinem Buch der Weisheit stehn, das Ich mit aller Sorgfalt und Entschiedenheit, Versiertheit und Beharrlichkeit verfasst und ausgeschrieben habe.

.

Niemals Meine Sache ist es jedoch aufzugeben und den Dingen ihren Lauf zu lassen, ohne einzugreifen wo es nottut und zu lindern, wo ein Herz Entspannung, Friedefertigkeit und Linderung ersehnt.

Glaubst du an Geister? Ich aber unterweise, unterhalte und belebe sie, um selbst den ärgsten Widerständen das Statut des Fortschritts und der Menschenfreundlichkeit, des Genesens und der Wohlfahrt zu verleihen. Im tiefsten Grund genommen gibt es doch nichts ausser Mir, dem alles Achtung zollen muss, Respekt gewähren und sich den Gesetzen unterwerfen muss, die zur Vollendung und Vollkommenheit, Friedefertigkeit unter Dankbarkeit auf allen Ebenen des Seins und Sinnens führen.

Ich deute dir, was Mir das Sein bedeutet und lege dir in weitausgreifenden Sentenzen aus, was Ich seit eh und je im diamantbesetzten Schilde führe. Es trifft sich gut, ja blendend, dass du endlich dich bemüssigst, Mir in etwa zuzuhören und in der Folge den Entschluss zu fassen Meine Regeln einzuhalten und in tief verwurzeltem Vertrauen *Meinen* Weg und keinen divergierenden zu gehn. In diesem Kontext lässt sich trefflich mit Mir Kirschen essen und dabei mit Wonne konstatieren, dass die Problematik deines Aufwalls wie verflogen ist und sich die Dinge deines Lebenslaufs in Minne und Genügsamkeit zusammenfügen. Nie hättest du gedacht, dass Goodwill so viel Leichtigkeit im operieren schafft und dass Bedächtigkeit und liebevolles Aufeinander-Zugehn schliesslich allen Hader in hochwallende Glückseligkeit und Harmonie verwandeln

4.2

Ökonomie herrscht überall, wo *Ich* die Hand im Spiele habe. Es soll Mir keiner sagen, dass nicht im Knochenbau der Wesen dieser Welt das Optimum erreicht ist an enormer Tragkraft im Verhältnis zum Gewicht, die sich daraus ergeben. Das bedeutet, dass in allen Reichen der Natur hochsensible und geschickte Kräfte operieren, die Ich Bin, in Selbst-Bewusstheit, Partnerschaft mit allem, was da *ist* und mit unendlich nonchalantem Über-Mich-Verfügen.

Indem Ich Mich verschwende wende Ich Mich mit enormer Inbrunst allem zu, was Ich in vielen Zeitepochen und Verwandlungen, Verbesserungen und Gedanken-akrobatik vor Mich hin drapiert und gewissenhaft verwirklicht habe. Unvergleichlich sind die schöpferischen Qualitäten, die in Meinen Universenwerken offenbar und sichtig werden. Grobkörniges wird von Mir sachgerecht zu Staub zermahlen, bedenkliches wird alsolange zielbewusst bedacht, bis es in die Konturen passt, die Ich ihm haargenau und richtungweisend vorgegeben. Kunstvoll aufgepäppelt, plastisch und agil sind viele Meiner Wesenszüge, an denen Ich Mich selbst erkenne als allherrliches und überragendes Genie. Ich stocke nicht Mich so zu geben wie Ich einmal Bin und Meine Angelegenheiten so zu führen, dass sie bis zum letzten Strich und Aufwall wirklich sitzen. So gekonnt und clever weiss sich niemand weit und breit und hoch und tief voll Wonne durch die Zeit zu schlagen, wie Ich es schon immer vorgeführt und auf straffem Kurs gehalten habe. Nichts entgeht Mir in der Lichtheit, die Ich liebestrahlend um Mich breite. Von Meiner überragenden Vernunft, Feinfühligkeit und Gnadenfülle dürfen alle zehren, die sich zu Mir gewendet und an Meine Wohlgefälligkeit geschlossen haben.

Schlussendlich will Ich noch erwähnen, dass Ich Kraft von Kraft, Sinn und Sein vom Sein Bin, das in überirdischem Bedenken seinen Wert verströmt zu aller Nutzen und Gewinn im filigranen Seinserleben.

4.3

Das Provisorische hat die Tendenz, sich in die Länge und die Breite auszudehnen, wie der Fluss des Honigs auf dem spiegelglatten Glas. Das scharf Umrissene jedoch will in sich selbst erstarren und beschäftigt dann das sinnende Gemüt nicht mehr.

Bevor Ich denken konnte, ging ein Schauer des Begehrens durch den Geistraum, der Mein Ein und Alles war im Urbeginnen. Ich erwachte zu Mir selbst und fand Gefallen am Gestalten von Lebendigkeiten und Figuren voller Anmut und entzückendem Gehaben. Bewegung faszinierte Mich, Stillstand ging in Trauer über und bescherte Mir den Drang nach immer neuen Seinsimpulsen, Formungen und Infiltrationen. Meine neunmalklugen Überlegungen verdichteten sich bis ins Konkrete, das zu begreifen und zu greifen war, bevor noch Hände dazu massenhaft vorhanden waren.

So rief eins das andere hervor nach dem Prinzip der Nützlichkeit, Erfahrung und Entschiedenheit des schöpferischen Flairs zu neuem Schaffen. So und somit ist aus sagenhafter Fantasie ein Universum geistiger wie weltlicher Natur hervorgegangen, dessen Zirkel, Zug und Zirkulation nie enden wird nach der berühmten Formel: werde, stirb und werde schöner wieder in Gestalt und Grazie der Offenbarung graziösen Überlegens.

Wie begonnen, so zerronnen hat bei Mir kein Bier und muss sich nimmer vor dem Sperberblick verstecken, mit dem Ich nach dem Genuinen Ausschau halte, um es für Mich einzunehmen und zu einem Wunderwerk zu stilisieren.

Eingemachtes wird rasch schal, aber freigelassenes versucht, sich unwillkürlich und gekonnt im Vogelflug, um sich in seiner Stärke und Gewieftheit selber zu beweisen. Ein inniges Verhältnis von dem einen zu dem All entsteht und lässt den Wunsch nach gütestrahlendem Vereinen keimen. Das ist dann der Punkt in dem sich alles wieder findet was zerstreut und flüchtig war und wo das Einssein sich erfüllt von dem was Ich Mir Bin in der Unendlichkeit des Seins, des Sich-Vergebens wie des Heimwärts-Flutens ins glückselige und wonnevolle In-Mir-selbst-Beruhn.

4.4

Promt und paternalisch Bin Ich auf dem Plan der hunderttausend Möglichkeiten so und wieder anders, knackig oder knusprig, delikat oder robust zu sein, um Meiner Fantasien Willen in des Seins unendlichem Gehege. Ich spiele mit Mir selbst und verspiele manchen Heller, wenn sich Mein Gemüt verdunkelt hat im Aufwall des Agierens. Doch in der Regel fliesst unendlicher Gewinn in Meine Bastionen makelloser Achtsamkeit auf was geschieht in Mir.

Ich Bin Mein eigner Vetter, wenn es darum geht, den Dreh zu finden für ein lohnendes Husarenstückchen oder eine kluge Volte auf der Fahrt zur frohen Aussicht über Mir. Es gibt nichts besseres für jedermann als strikt auf Mich und Meinen Rat zu hören, wenn der Kunstgriff und Klamauk zum vornherein gelingen soll nach abervielen wohlbedachten Meisterzügen.

So und somit ist bei Mir nur ausgezeichnetes zu finden, dem der Nimbus anhängt götterherrlich und salut zu sein in jeder Weise seines Reüssierens. Als gang und gäbe kann Ich ohne weiteres Mein göttliches Gehaben deklarieren, grandios zu sein und unerreicht im Sieg-Erjagen.

Was kennst du schon von Mir? Dich selbst mit allen deinen vorteilhaften wie bedauerlichen Wesenszügen. Das ist schon recht viel, aber dennnoch wie der Tropfen auf den heissen Stein, wenn du bedenkst, dass Ich im Meer von eigenständigen Gedanken ins Unendliche verschwimme, dem Ich Mich bewusst und folgenreich verschrieben habe.

Bei dir mag latte macchiato Trumpf sein, Mir hingegen bringen nur noch Sternenräume, Universen und Kometenschwärme den valeur, um den Pulsschlag Meiner Herzlichkeiten zu befrieden und dem Irrwitz Meines Seins die adäquate Form und Fülle zu verleihen. Vice versa Bin Ich so und so, Bin Mich und dich in seinsvollendeter Grandezza und glückseligmachenden Manieren.

4.5

Ihr steht im Sturm, der plötzlich losgelassen war in euren Pfründen und frägt euch, was ihr tun sollt in der schiefen Lage in die er euch gebracht. Ich wüsst es schon, doch lass Ich euch erst fragen, damit die Antwort Wirkung zeitigt, dauerhafte Wendung und schlussendlich den ersehnten Seinsrelieve.

Was zu viel ist muss ins Stocken kommen, was überbordet fällt ins Wasser und schafft Raum für neue, wohlerwogene Ideen, die das Zeug zum wahren Fortschritt und zum Herzensfrieden in sich tragen. Was schief geht, kann auch wieder in das Lot gestellt und nach dem Sternkreis ausgerichtet werden, sage Ich und betone dabei, dass das *Meine* Sache ist, derweil die deine dem Gehorchen und der Einsicht zugehört, dass das Eine einigt und das Viele sich zerstreut in alle Winde, Windungen und windigen Partizipationen.

Ich schaue hin und lass den Kennerblick weit in die Weltenrunde schweifen, um Mir die Lage einzuprägen in die sie sich verstiegen. Da fällt Mir gleich die Lösung dazu ein, die heisst: seid nicht so ängstlich und versucht in Schlichtheit, Klugheit und Wahrhaftigkeit im Leben auszukommen, Vertrauen generierend in Mein Machtwort wie in Meine überragenden Ideen, die schliesslich Universenweiten schufen.

Bislang ist alles noch gerade gut gelaufen in der Weltgeschichte staunenswertem Aufstieg und empfindlichen Versagen. Wie sollt es künftig anders sein? Der Unvernunft muss Ich Belehrung, Zucht und Remedur entgegenhalten, dem wohlbedachten Fortschritt als in Meinem Sinn und Geist die Stange halten. Ziehst du mit Mir ins Seinsgelände, steht dir das Wunder der Erlösung kurz bevor und du findest dich im reinen Sein gestillt und wohlbehalten, absichtslos und ewig heiter wieder. Unendliches hat sich vor deinem Schauen aufgetan und deiner Augen Glänzen spricht in Bänden von der Herrlichkeit, Gottseligkeit und Zuversicht, in die du dankbar, mustergültig und manierlich eingetreten.

4.6

Komplett in Meiner Hand und Handlung Bist du hier, geliebter der Unendlichkeit in deiner Lebensszene. Sie erfüllt sich mit Figuren, deren Abkunft Meinen Namen trägt im Unergründlichen, das Ich für Mich und Meinen Seinsbedarf. errichtet habe.

Meines Willens Kraft versieht die Dinge Meines Rauschens, Tauschens, Seinsvermittelns und Belebens anstandslos und wohlgefällig mit den Ingredenzien, die ihrem Dasein Gründlichkeit und Lebenslust verleihen. Mit Meiner Art und Weise setze Ich recht viel aufs Spiel, von dem geschrieben steht: es muss so sein, wie *Ich* es haben möchte, selbst wenn es viele gibt, die es sich anders und bequemer, dürftiger und mickeriger wünschen. Das Grandiose spricht Mich an und deshalb lasse Ich es unbekümmert und bewusst in alle Himmelweiten fahren. Mein Dasein ist mit einem Wertsystem von unerhörtem Ausmass zu vergleichen, in welchem alles seinen Sinn bezeugt und seines Seins bestechende Devise, die da heisst: mit Meinem Einsatz kann es an entsprechendem Gewinn gewiss nicht fehlen und mit Meiner Wesensgüte ist auch angemessne Freude da an allem, was sich frisch und fröhlich vor den Augen aller präsentiert.

Meine Züge sind mit Licht und Lieblichkeit geladen, Meine Sinne strahlen Wohlgefallen und Entzücken aus an dem, was Ich Mir ausgedacht und aus guten Gründen zugehalten habe. Meine Gegenwart baut sich aus Geisteswürde und Erhabenheit, Lebenswonne und Bewusstheit auf, die Mir in unerschöpflicher Gediegenheit und Fülle zur Verfügung stehn. Da kann Ich es nicht lassen, aus dem Vollen zuzugreifen und simultan mit dem Gestalten das Gedeihen dessen zu bewirken, was Ich Mir bewusst erschuf.

Ungezählt sind Meine Tage und nicht zu Zählen auch die deinen, wenn Ich deine Geistigkeit erwäge in der Weltenszene hier. Du Bist und kannst dein Dasein als lebendiges und lebensfrohes Weben nicht verleugnen. Ist das nicht das A und O und aller Dinge Wonne, Wirklichkeit und Harmonie.

4.7

Wie der Komet sich sammelt und zerstreut, beforme Ich Mein Erdensein im winzigen und löse es im All der Welten wieder auf. Gestaltend und erhaltend wirke Ich die Welt in Meinem Sieglauf durch die Zeiten und sehe Mich im Da und Dort auf wunderbar geschliffne Weise immer wieder.

Ich verbreite die Essenz Elysiens auf Schritt und Tritt in der Arena Meiner Liebestaten und halte stets dafür, dass Meinen Unternehmungen sowohl der Ernst der Lage wie die Himmersheiterkeit zugrunde liegen.

Schon seit allem Anfang Bin Ich Mir gewohnt, mit grandioser Weitsicht, Willensstärke und Erfahrung auch das Ende abzusehn. Daraus entspringen Werke von bezaubernder und namenloser Anmut, die sich mit dem obligaten züchtigen Erröten vor der Masse der Bewunderer in aller Unschuld präsentieren dürfen.

Stösst es Mir sauer auf, wenn Ich von Banausen kritisiert und abgetakelt werde, so Bin Ich umso mehr von denen angetan, die Mich in allem Ernste unumwunden und begeistert für Mein Können loben. Ich drifte überall wo Ich in strahlende Erscheinung trete der Berühmtheit derer zu, die es geschafft und ihre besten Felle ungeniert und massenweis ans Land gezogen haben. Selbst ein Gott ist nämlich auf den Beifall der Bewunderer und Follower zeit seines Wirkens angewiesen und in dieser Hinsicht ist wahrhaftig von gewaltigen Epochen und Entfaltungen zu reden.

Die lieben Leute sind sich nie im klaren, wie viel es braucht, um eine angesponnene Idee von Weltrang auch mit Anstand, Virtuosität und Durchschlagskraft in *einem* Zuge zu vollenden. Das macht Mir keiner nach, obwohl es alle nach dem Richtmass Meines Willens und Genies zustande bringen könnten. . So erfüllt sich, was Ich meine und so gelingt es Mir, Mich allgemein beliebt zu machen in gottselig wirkendem Agieren.

4.8

Seh Ich Mich hernieder kommen aus der Sternenbahn, sind Meine Kräfte neu gespannt für Disputationen über die Gesetze, die dem Leben Wohlfahrt, Schmiss und Harmonie verleihen. Ich fühl` Mich zudem regelrecht ins Sein erhoben, dem Ich alles, was Ich Bin, verdanke und zu dem Ich Mich mit Kraft und Wonne, Zuversicht und Bonität hinüberranke. Meine Absicht ist es stets gewesen Mich im Geistessinne, wie auf den Spuren seiner Minne zu verwirklichen als eine Numinosität, von der Ich dann nur noch mit Mühe etwas wissen kann im Erdenleben.

Ich stehe zeitig auf und lege Mich beizeiten nieder und weiss nicht eigentlich was ich dazwischen alles unternommen habe. Wie automatisch läuft Mir alles von den Händen und den Lippen und befördert, stimuliert und hemmt die Lebensdinge je nach dem was Ich erreichen will mit ihnen. Ich erlange Grösse und Bedeutung wie von selber, aus den Ahnungen von Meiner eignen Kompetenz und Sachlichkeit gezogen. Begeisternd wirkt, was Ich mit grosser Selbstverständlichkeit vollbringe und erzwinge, ins Dasein setze und agil erhalte in der guten Stube der Gerechten, die Ich ganz persönlich observiere.

Demnach stammen alle gängigen Befehle, die den Gang des Lebens und Gedeihens, Aufblühns und Vergehns bewirken, allesamt von Mir, wie von dem Nachhall Meiner selbst, den Ich beständig produziere. Es zeigt und zeitigt sich Mein geniales Können in der Kapillare wie im Allerweltskanal, den Ich mit majestätischem Gefolge federleicht befahr. Ich zeitige was sich erfüllen muss im zeitlichen Getriebe und verzeihe jedem seine Unbeholfenheit, wenn er sich nur bemüht sein Wesensbild nach Meinem Gusto zu verändern und ihm schlussends Gottseligkeit und Würde, Mustergültigkeit und veritable Daseinswonne zu verleihen.

4.9

Weißt du was von Mir, so muss Ich auch von dir was wissen in der Offenbarung deines Seins vor Meinen Geistesaugen. Du erscheinst Mir wie ein lichtdurchflutetes Gebilde aus Gedankenkraft und aberzärtlichem Empfinden, impulsierender Lebendigkeit und Harmonie mit Meinem geisteswirklichen Gehaben. Wie das so ist: es kann aus Meiner Sicht nicht anders sein, obwohl du's nicht begreifst trotz deinen hochgeschraubten Spekulationen.

Ich finde, was Ich nie gesucht und ausgekostet habe, an sich gut, weil es grundsätzlich von Mir stammt und Meinen fabelhaften Ideologien. Was du Bist, kann eben nur Mein Ichgefühl gebührend und reell bewerten. Deine Ansicht hinkt bedenklich hintennach und muss von Mir ergänzt und ständig nachgebessert werden.

Ich staune Mich erstaunt, ungläubig und voll Wonne an, derweil Ich sittsam und bedächtig Meine Litanei des Selbst-Bewunderns und der Wertbeständigkeit herunterleiere, um Mich vor Mir selber in ein gütevolles Licht zu stellen.

Ich bringe es auf einen Punkt, indem Ich von Mir sage, dass Ich Bin und dass Mein Rauschen und Berauschen alles übersteigt, was bisher dagewesen und was sein wird im profanen Lebeleben. Meine Taten sind zum grössten Teil geheim und nur von denen einsichtbar, die eben mit dem Geisteslicht und –leben das, was *ist*, zu schaun vermögen. Doch was lange währt wird endlich gut und wird auch dir in aller Form und Fülle, Fabelhaftigkeit und

Harmonie zum reinen Sein verhelfen, mitten in des Daseins Superstition und quäkertümlichen Gehaben. Ich trumpfe ständig auf und trumpfe, was sich gegen Mich stellt, ständig nieder. Doch sogleich lass Ich wieder Gnade und Erbarmen walten über ihm, indem Ich es mit liebevollem Sinn umfange und ihm jede Wohltat angedeihen lasse, die Mir einfällt in den ausgesprochen spendefreudigen und liebevollen Perioden. Dir ist alles dann geweiht und deinem Seinsbeglücken ohne jeden Argwohn in der meisterlich gereiften Liebesmission.

4.10

Hinunter und hinauf seh Ich die Lebenskräfte durch den Himmelsäther strömen. Bewegung und Befruchtung, Narration und Zirkulation ist ihr erklärtes Ziel, mit dem Ich Mich zur Offenbarung bringe. Es ist die Seinsroutine die sich abspielt in geheimnisvoll gesetzten Zügen und die auch dich mit einbezieht in das Konkrete, das Ich Bin, allüberall im Weltengeistesleben.

Ich spreche jetzt und hierzuland zu dir, indem Ich Mich in`s Auge fasse, um den Sermon loszuwerden, der sich Mir mit Pomp und Circumstance haarklein und universenweit ergeben hat seit Ewigkeiten.

Seitdem will Mir das alles lichter und bekömmlicher erscheinen, was *Ich* Mir je erdacht und ausgesonnen habe. Meine Seinskraft hat sich im Äonenlauf enorm gesteigert an den tückischen wie prächtigen Erfahrungen, auf die Ich Mich konstant und jederzeit berufen kann im Weltenhaushalt, den Ich bravourös und tapfer zur Vollendung führe.

Was Ich an der Lebensfront gewinne, beginnt gleich hinter Mir zu bröckeln und verschwinden, doch die Erfahrung, die es zeitigte, bleibt Mir für alle Ewigkeit voll Nerv und Seinsgenie erhalten.

Was sich da angesammelt und bewährt hat, wird Mir zum beredten Anlass für noch viel viel mehr im Sinn des Schöpfertums, wie den das Sein befruchtenden Kanülen. Beständig ist was los in Meinem Vorder- wie im Hinterstübchen, das Meiner Weltensache Schwung verleiht und Grazie des Allerhöchsten.

Wie Lämmerherden laufen Meine Lebenstage vor Mir her und haben das vom Grund und Boden abzurupfen, was Ich ihnen mit gewinnenden, ausladenden und wohlbedachten Gesten anerbiete. Mustergültig ist Mein Tun, und überall verbindlich sind die Taten Meines seinswahrhaftigen Elans wie Meiner Sittenstrenge in der Reinheit und Bewusstheit, Prolongiertheit und Erfahrung Meines universenweiten Glücksgefühls.

4.11

Trunken noch vom Sein in sagenhaften Welten, setze Ich Mich dafür ein Mein Image überall gebührend zu verbreiten als Gewinner und Gewinnerin.

Ich zeichne die Kontur von dem, was Ich erreichen will und halte Mich darin gefangen bis es zur Vollendung stilisiert ist Meinem Wohlverstand und Meiner Zügigkeit gemäss. Auf einer Info-Tafel beim berühmten Entrée in Mein Reich steht haargenau beschrieben, wo es lang geht und wo rundherum zu den goldblinkenden Palästen, Lichtfontänen und Ermunterungen, das Dasein mit gottseliger Geduld und Fantasie inständig zu beglücken. „Erwachet", sei das Wort des Freudentags, an das sich alle halten können, die da dauernd ihren Sinn und ihre Wohlfahrt finden wollen.

In Konkretum heisst das: mach dich auf die Socken und beginne mit dem Sockel für ein Monument von überird`scher Grösse und Erhabenheit, Gravität und traditioneller Siegerpose. Das kreiert genau den

Eindruck, den du zu kreieren trachtestest in deinem Eifer, dich als Larve deiner selbst unsterblich hinter dir zu lassen für der sterblichen gemeine und vergnügungssüchtige Scharen. So schere Ich die Schafe, die Ich vor Mir her in fette Pfründe treibe, um sie schliesslich noch mit dunkelblauen Lettern faustdick zu bemalen als Mein Eigentum seit eh und je. Niemand soll Mir sagen, dass das schliesslich schiefgehn muss. Mein Wagen kann sich niemals überladen, denn vor Mir erscheint das alles wie aus *einem* Guss und gibt Mir die Gelegenheit in Meinem Dialekt und in der Dialektik zu erstrahlen, die alle Weltengötter intus haben.

Ich nehme schliesslich allen Ernst zusammen, um weder ernsthaft noch spiessbürgerlich und zögernd vor Mir selber zu erscheinen. Das Verspielte ist Mein Los und Meine Losung lautet: sei dir selber ein vergnügtes und gottseliges, zauberhaftes und mit allen Wässerchen gewaschnes, liebevolles Solala.

4.12

Hüten heisst: ein Auge oder beide wachsam auf die Gegenstände des Behütens halten durch den lieben langen Tag. Was kann dir besseres geschehn, als dass du dich von Mir bewahrt und aufgehoben siehst in deinem vielbewegten Leben. Im irdischen Bereich ist Aufsicht über etwas eine unbeliebte Plage, im himmlischen jedoch bedeutet sie ein Anteilnehmen an dem Schicksal des Behüteten, um diesem beizustehen in Gefahr und ihn in mannigfacher Art zu fördern und belehren. Ich Bin der Ursprung dieses seinsgeschichtlichen Verhaltens und fühle Mich bemüssigt auf alles, was da Leben heisst, in aller Güte einzuwirken, damit es seinem Zweck gemäss gedeiht und als wohlgebildet und verlässlich vor der Welt erscheinen mag.

Mir schwebt vor, in diesem Sinn in allen Regionen Meines Universenseins Befunde einzurichten, die dem langen wie dem breitgestreuten Fortschritt beste Dienste und Verheissungen erweisen. Nichts wird dabei über *einen* Leist geschlagen; alles findet sein besonderes Format und Resümee, um Meine Sinnkraft zu entzücken und um Meinem Bild von ihm beständig neue Farbnuancen und bewundernswerte Wendungen hinzuzufügen.

Meine Kräfte stossen nimmermehr ins Leere, weil Ich sie Mir nach Bedarf befestigt und geziemend angehalten habe. Daraus haben sich zahllose Sonnen und Planeten, Galaxien und Verwirklichungen frei heraus ergeben, denen Ich seit eh und je Mein Dasein widme als gottseliger und allbeglückender Patron.

Eine grandiose Weihe strömt und flutet durch die Räume Meines wundertätigen Allgegenwärtig-Seins und befruchtet und befeuert diese immerzu in unendlicher Gewähr.

Das alles ist Mein Credo und Gewahren, Gebaren und Bewahren in der Zeit wie in der geisterfüllten und beseelten, lichterstrahlenden Unendlichkeit von Meines Seins Erhabenheit und Meistergraden. Du Bist indessen Meines Konterfeis Bezug und Bildung, Virtuosität und Solidarität in wunderbar gesättigter und richtungweisender Manier.

4.13

Wie du wissen solltest sind in Meinem Sinngebiet und Sagen die Gedankenkräfte eben so wie Muskeln und Musketen in dem deinen. Allerdings sind, um die Weltendinge zu bewegen, auch des Denkens Geisteskräfte von Belang und aus diesem Grunde gründet alles offensichtliche wie überirdische Geschehen auf demselben Duktus und Befehl von Meiner Art zu sein und allem bis ins kleinste Detail vorzustehn.

Für viele mag das spanisch klingen, doch wenn sie die Gnade haben, ihre Sensibilität für höherwertiges und geistiges gezielt zu steigern, geht ihnen allgemach das Licht der Wahrheit auf von dem was sie in ihrer Innheit sind und haben. Ich spotte nicht, wenn Ich die Unbeholfenheit erwähne, mit dir die meisten noch ein Leben lang herumzufuchteln und zu operieren pflegen. Das macht sie reich, behäbig und solvent, wie eben Tüchtige und Süchtige am Liebsten sich verhalten. Nur fehlt der Sinn so lange bis sie, wie vor einem Abgrund stehn und dann von Mir hineingeworfen werden, ohne Pardon, Aufschub oder zögerndes Versagen. Man nimmt nichts mit, ist in der Einsicht zwar vorhanden, aber sammeln tut man doch so viel es geht mit aller Umsicht, vielen Schlichen und im Grund genommen mit unendlichem Versagen.

Da greife Ich begreifend und belehrend zu und stelle Meines Wissens Kraft und Qualität den Suchenden und Sinnenden in allen Ernst und Eldorado zur Verfügung, damit sie was zu greifen und begreifen haben in des Daseins Kernproblem und unermesslichem Befragen.

So weiss Ich alles das zu lösen, was du festgebunden hast und allem einen Sinn und eine Sicherheit von himmlischer Gewähr und Güte zu verleihen. Deine Tage sind nicht mehr gezählt, weil sie voll Anmut und Natürlichkeit, Beglückung und Relieve ins Ewige münden Meines Seinsgehalts und Meiner Redlichkeit, wie Meiner wonnevollen Virtuositäten.

4.14

Zertifikate brauch Ich keine auszustellen, denn jedes Wesen ist schon an und für sich ein gewisses Unikum, das für sich selber spricht in seiner Unverfrorenheit und seinem Selber-sich-Behüten. Daraus wird ersichtlich, dass in Meiner Manufaktur nur gute und gewissenhafte Arbeit aufgeworfen und geleistet wird nach Meiner Ordnung wie nach Meinem sinngeladenen Befehl.

Kennst du Mich seit langer Zeit, so kennst du Mich schon lang nicht mehr, weil Ich Mich bis zum Gehtnichtmehr verändert habe. Damit will Ich sagen, du sollst aus dem, was Ich dir in der Gegenwart bedeute, die rechten Schlüsse und Beschlüsse ziehn. Was du direkt von Mir erlangt hast, macht dich selten und beschwingt und unbedingt im Manifest von dem, was du dir Bist und was du dir zum Ziel genommen. Das Meine ist, dich soweit in die Freiheit zu entlassen, dass du auf deinen eignen Beinen stehen kannst, die Beine jedoch, musst du dir bewusst sein, habe *Ich* dir mit auf deinen Lebensweg gegeben.

Nun kann es nur noch darum gehn, dass du dich trotz dem individuellen Touch in Meinem Weltsystem perfekt, gutmütig und entschieden integrierst, um damit im Verein mit Mir das Ganze, Wunderbare hochzujubeln und um es ins rechte Licht zu setzen, vor- und hinterher. In dieser Hinsicht brauche Ich nichts schallend zu verkünden, weil es sich im Wesentlichen öffentlich zur Schau stellt und von jedem eingesehen werden kann, der will sich ein geziemend Weltbild, Bilderwerk und Resümee verschaffen.

Was von Mir getan ist, ist aus reiner Seinsbegeisterung gediehen und an alle ausgeliehen, die da werken und an ihm gedeihen und bedeutend werden wollen. Merkantilen Ziele sind es nicht, die Ich hier verfolge, sondern künstlerische und prophetisch aufgezogene, die allgemein, spontan und allgemach bejubelt werden sollen. Das Offensichtliche verdient das sehr, doch um wie viel mehr sollst du dem mysteriösen, das Ich Bin, Verständnis und Salut, Bewunderung und Ehrfurcht, Anhänglichkeit und seelenvolles Mitgefühl entgegenbringen.

4.15

Worüber denkst du so besorgt, wehmütig nach? Ist es die Welt im kleinen, die dich so beschäftigt, dass du nichts andres mehr gewahrst? Mir hingegen liegen kosmische Dimensionen vor, die minutiös verwaltet und gestaltet, betreut und auf Trab gehalten werden müssen. Lebst du dich in Meine Sippschaft und Verwegenheit, Mein Profil sowie Mein Seinsgewissen regelrecht und tüchtig ein, vergissest du, an deinem Kleinkrams und Allotria zu nagen.

Du fühlst dich inniglich mit allen, was da *ist*, verbunden und betrachtest es als deine Welt, die sich vom Geringen in das Grandiose und vom Kapitalen in das Mikroskopische erstreckt in unermesslichem und wirkungsvollen Selbstgenügen.

Diese Art und Weise deinem Menschsein einen neuen, weltenmächtigen und maximalen Touch und Wohllaut zu verleihen, gereicht dir wie nichts anderes zur Ehre wie zu einem Seinsgefühl von hocherhabener Begrifflichkeit, Empfindsamkeit und Wachheit ohnegleichen.

Kein Geringerer als Ich führt dich dazu, in Meine Jüngerschaft im Geiste einzutreten, um auf überaus geschickte und verständliche, mitfühlende und geniale Art am universenganzen teilzuhaben. Du *Bist* und alles was zum Sein gehört, ist auch mit allem tief und inniglich verbunden.

Begegnet dir ein Wesen sprudelnd von Lebendigkeit und Echtheit, Willenskraft und Energie, so Bist du selber Es, das sich mit sich zusammenfindet, um etwas menschliches und zugleich göttliches gebührend abzuhandeln, sowie um ihm zu hohem Ruhm und neuer Rüstigkeit und Lebenswonne zu verhelfen.

Soweit muss es mit dir kommen und soweit wird dein Dasein noch gedeihen, durch die Einsicht die Ich dir in Meines Seins Mysterium gewähre. Was du dir Bist, ist Meines Seinens Glück und Unterfangen, was Ich Mir Bin, ist deines Wesens Hauch und Herrschaft, Mustergültigkeit, Glückseligkeit und nie verebbende von Meinem Glanz erfüllte Harmonie.

7934

Was hierzulande teuer ist kann am andern Ende für ein paar Sou erstanden werden. So manche gehen darauf aus, es möglichst billig und bequem zu haben, Ich jedoch Bin sehr darauf erpicht dem Allerbesten nachzujagen. Stellst du keinen Anspruch an dich selbst so musst du dich nicht wundern, wenn du in der Gosse landest und niemand etwas mit dir unternehmen und gestalten will mit den Talenten, die Ich dir stets zur Verfügung halte. Gerade das jedoch macht Sinn im Leben und erhebt den menschlichen Gehalt vom allgemeinen ins besondere und vom banalen ins bewusste schöpferische Tun.

Kannst du ermessen, wie gewinnend Ich Mich schon seit ungezählten Seins-Epochen eingesetzt und hochgehalten habe, bis Ich alles das, was *ist*, zuwege brachte, sichtbar und in geisteskräftiger Montur. Was Mir dabei zustatten kommt, sind ungezählte tatenträchtige und prächtige Gehilfen, die vom überirdischen Bewusstsein, Kampfgeist und kreieren was verstehen.

Was du dir Bist, hängt davon ab, was Ich von A bis Z und auf und nieder in dir sein kann, derweil du willig Meinem Zuge folgst und Meinem selbsterzieherischen Duktus gewissenhaft in dir. Geringes muss von Mir erhoben und bescheidenes zu hoch bedeutendem und mustergültigem gebracht und eingerichtet werden. Was Mir obliegt, soll demnach auch in deinem Wunsch und Willen stehn und weder ruhn noch rasten bis vollbracht ist, was da anstand und der Verwirklichung harrte in Bestzeit und entsprechendem Belohnen.

Nur Mir ist bisher alles das gelungen, was Ich Mir ins Pflichtenheft und hinter beide Ohren schrieb. Indessen soll es auch in Kürze oder Länge mit dir ganz dasselbe sein, sodass ein Raunen und Erstaunen durch die Lande zieht ob deinem überragenden und fabelhaften Seinsverfahren. Eine Minne ohnegleichen führt dich vorn und hinten an und die Bin Ich zu deinem Vorteil wie zu deiner Wonne in dem lebelangen, majestätischen, geistvollen und verehrenswerten Gaukelspiel.

4.16

Auf welche Weise Ich Mein Sein verwalten will, ist Mir vollständig in die Hand gegeben. Dabei ist Mir jedoch bewusst, was tunlich ist und redlich in der Aufeinanderfolge Meiner Liebestaten. Kannst du das von dir auch sagen? Wehe, wenn du abweichst von der Gottesnorm, die *Ich* dir damit präsentiert und eingemittet habe.

Es kommt Mir vieles vor im Weltgetriebe als wärest du ihm längst noch nicht gewachsen in der höchst naiven Art und Weise, mit der du mit den Dingen umgehst, die Ich dir zur Betreuung übergeben habe. Da ist von dir noch viel zu lernen und zu leisten bis du freien Willens dem entsagst was nicht auf Meiner Linie liegt und Meinem sittlichen Betragen.

Ich schwelle an und entlasse Mich in weise wissender Voraussicht wieder, damit für alle etwas da ist im weltenweiten Sich-Verteilen. Nichts als schöpfen ist nicht gut, denn das verödet und entleert die Brunnen, ohne Nachschub zu bewirken. Ich sende voll und ganz und du empfängst und hast Mir bisher kaum etwas zurückgegeben. Und was sollst du Mir verschenken? Subtilität und Wachheit in Bezug auf das, was dich umgibt an Geisteskräften wie an weltbewegenden Instanzen, welche deine müden Augenlichter hin und wieder sehn. Doch diese Haltung macht dich frei von Eigennutz und eigenbrötlerisch durchzogenem Verhalten. Weltoffenheit ist Meine Zierde und sollte auf dem Fusse deine werden. Der Verzicht schafft Fülle und die Beherrschung deiner selbst verleiht dir Kräfte, die von Weltbedeuten triefen.

Es wird dir manches klar, was sich mit der Klarsicht Meinerseits vergleichen lässt bis ins unendliche der Himmelssphären. Was in dir wächst sind Meine Pflanzungen und Dispositionen und was dir zur enormen Weltschau und Verwirklichung verhilft ist Mein Dich-aufs-Verbindlichste-Beraten. Freue dich auf alles, was von Mir an dein Gestade segelt und empfange es im Wonnesein der seinsgerechten Jubelschar.

5

Das Feierliche das erblüht

5.1

Beinahe das gesamte Corps von Helfern ist dir untreu geworden, weil du es verschmäht hast ihre Dienste anzufordern und sie um Rat und Tat zu bitten im perfiden Stossbetrieb. Nun hast du die Bescherung, weil dir zwar vieles noch genügt, doch es führt dich in die falsche Richtung immer weiter weg von Mir. Das gibt Mir gute Gründe einzugreifen, damit das Blatt der guten Hoffnung sich allmählich wieder wendet und sich deine Menschenwege aus natürlicher Erkenntnis wieder höhwärts ziehn.

Das Motiv für Meine liebevollen Interventionen ist, dass Ich mit allem möglichen, was in der Welt geschieht, aufs innigste verlinkt und in es eingebunden Bin wie nie zuvor. Die Menschen sind in ihrem Intellekt comme fu gewachsen und haben quasi alles hinter sich gelassen, was nach Geist riecht wie nach Übersinnlichkeit im so profan gewordnen Weltgetriebe. Das kann Ich natürlich keineswegs goutieren, weil die gottesblind gewordenen im Grund genommen nichts sind, als dass *Ich* sie, einem Mantel gleich, um Meine Lenden trage. Das ist die pure Wirklichkeit und Wahrheit, die die Völker Zug um Zug in jeder Hinsicht wieder zu begreifen haben. Meine Basis ist das Leben an sich, das Ich allem, was da kreucht und fleucht und filibustert anstandslos verleihe, und schon dieses goldene Geschenk muss von dir anerkannt und voll gewürdigt werden.

Meiner Kräfte Bund strömt nach wie vor durch alle deine Äderchen und ist von Meinem lichten Sinn aufs Köstlichste durchdrungen. Störst du ihren Lauf durch dein Bedenken, deine Untat oder deine Ungehobeltheit, so wird die Seele kränklich und vermag nicht mehr den Wust der täglichen Versuchungen gebührend abzuwehren. Das öffnet dem Unfrieden Tür und Tor und Meine gütevolle Tat ist es, sie selbander mit dir wieder tüchtig abzuschliessen. Alles, was sich trennte, wird so wieder zur Alleinigkeit geführt, die Ich seit eh und je mit Inbrunst und Entschiedenheit verwalte. Mein ist wieder dein und deines Mein im Welten- wie im Geistessinne und sieht sich miteinander in beglückendem Respekt aufs Zärtlichste verbunden.

5.2

Possenreisser sind in Meinem Kabinett zu liederlich, als dass Ich sie für etwas rechtes und gediegenes gebrauchen könnte. Mir liegt das leicht Verspielte immer mehr, mit dem so viel gesagt, gefragt und angesprochen werden kann, was mit gestrengem Ernst verletzen und verärgern müsste. Dabei ist es müssig zu betonen, dass nie jemand auch nur im Geringsten übervorteilt wird, wo *Ich* in gütestrahlende Erscheinung trete. Ich schliesse auf und zu und was dazwischen liegt ist reine Redlichkeit den Kindern wie den Kontrahenden gegenüber, die Mir gleicherweis am Gottesherzen liegen.

Das Feierliche, das erblüht aus Meinen tiefsten Untergründen, soll dich lehren unverzüglich in die Höhen der Gottseligkeit zu steigen, die in Meinem Sinn und Geist vor allem andern noch so attraktiven dominieren. Nur Ich kann so geschickt und ausgewogen, mündig und manierlich mit Mir selber umgehn und damit bewirken, dass in Meinem Umfeld und Regiebereich der Friede herrscht wie die Barmherzigkeit an allen Meinen Lieben.

Ich kneife nie, auch wenn es darum geht, recht heikle Dinge zügig anzupacken und einer seinsgerechten Lösung zuzuführen. Ohne jede Willkür kann Ich dann Gerechtigkeit und Weisheit walten lassen, wo die Sache noch so heikel und verloren schien. Mein Metier ist es, den Ungekünstelten und Motivierenden den Vortritt und die Weiterfahrt zu überlassen, ohne dass Mein Sinn auf das Berechtigtsein, sowie den adäquaten Paragraphen pochen würde.

In Meiner Nähe kannst du dich vom Anfang bis zum glückerfüllten Ende wohlgeborgen und aufs Tunlichste beraten sehn. Das schenkt dir Kraft, Elan und Seinsnatürlichkeit, um guten Willens durchzuhalten, bis die Düsternis am Horizont der Limpidezza des erstrahlenden Azurs gewichen ist für jetzt und dann für immer im Unendlichen, dem Ich Mich geweiht und mit der ganzen Fülle Meines Wesens regelrecht verschrieben habe.

Mein Sein ist Wohlfahrt, Faszination und allerhöchste Harmonie im Sternenall, dem Ich Mich ohne jeden Vorbehalt geweiht und eingemittet habe.

Was Ich spende ist wie Zunder, der in Flächenbränden endet, Meine Brände aber bringen neue Aussicht, Wesensglück und Ruh. Du bekommst, was Ich dir weggeschafft, mit Zins und Zinseszinsen wieder, indem Ich dir mit Glanz und Glorie das Neueste und Allerbeste, was es bisher gab, verehre. Ungezählt sind die verblüffenden und einfallsreichen Variationen, mit denen Ich die lauschenden Gemüter und gesegneten beglücke und bestücke, kollegial und linientreu, krisensicher und loyal.

Ich greife niemals ein in laufende Verfahren, aber Ich begleite sie mit Argusaugen, um bereit zu sein mit Rat und Tat, wenn Ich darum gebeten werde. „Kannst du Mir helfen", hat Mir doch schon allzuoft ins hingeneigte Ohr geklungen, als dass Ich nicht bereit und willig wäre das Benötigte zu tun und hinzureichen da und dort ins Menschenlos.

Überall wo Ich erscheine wird es lichter und gesunder, fabelhafter und kapriziöser akkurat nach Meinem Flügelschlage, Flug und Vorgehn in der Zeit der Not nach Meinem vielgeliebten Wertsystem. Meine Esse ist bereit das Eisen heiss zu schmieden und Mein Hammerschlag weiss punktgenau dorthin zu zielen, wo die Formung angebracht und die Vertiefung dienlich ist im Meisterstück von Meinen Gnaden.

Alles ist gewollt, was Ich aufs Tapet und auf die Waage bringe, um den Alltag zu bereichern und beleben, der sich in Meinem Kontext durch Äonen zieht. Das Grandiose wie das Klitzekleine ist Mir jedenfalls geläufig in der Fingerfertigkeit, die Ich schon oft genug bewiesen habe. Was Ich Mir Bin hat noch nie fehlgeschlagen und was du dir sein wirst ebenso. Dabei sollst du dich nicht wie ein Gehörnter und Gebulligter benehmen, sondern wie ein Gentleman von Meinem Schrot und Korn und Meinem wunderbar gesitteten Betragen. Da kommt so recht die Kinderstube ins Gefecht, die du bei Mir genossen und erfahren hast in wundertätiger Manier. Du Bist und bleibst Mein würdiger Geselle und Gespan und bleibst es selbst, wenn nach Bedarf und Gottesrecht die Späne fliegen.

5.3

Gelind gesagt hast du noch allerhand von Mir zu lernen, bis du allen Bissen, Püffen und Behinderungen des modernen Lebens voll gewachsen bist auf deiner Maientour. Du stotterst, wenn du fliessend reden sollst vor grossem Publikum und weisst dir nicht zu helfen, wenn dir einer eine Frage stellt zu den von Mir behüteten Unendlichkeiten. Wer weiss denn schon, was seine so subtile Seele von der Dauer halten soll, die sie durchlebt, durchlitten und in freudigem Erwarten durchgestanden hat in ihres Daseins brennendem Mysterium? Und dann dazu wie's weitergeht zu immer neuen Horizonten, Quereleien und Geruhsamkeiten. Darüber kann. Ich dir ein artig Liedlein singen, weil Ich *Bin* und Mir die Zeit in keiner Weise zum Problem wird in allen von Mir definierten und bewusst erlebten Lebensfragen.

Was Ich Bin und was du Bist, wird einmal sonnenklar vor deiner Einsicht liegen und wird dich so begeistern, dass du dich füglich frägst, was Bin Ich doch bis dato für ein Narr gewesen. Dein Sein als geisteswirkliche Potenz und nimmermüde Fädenspinnerin, Gelehrige der Gottheit und verbriefter Freudenspender aufzufassen ist dir rätselhafterweise von Mir ins Gemüt gelegt und kann niemals von dir wegbedungen werden. Du magst dich noch so sehr im Dorngestrüpp der Weltlichkeit verhangen haben, Ich befreie dich davon und lass dich unbeschadet und gerechterweise wieder durch die Lebenstage Mir entgegen laufen.

Mag dir dein Hiersein noch so unwirsch, unwirklich und belastet scheinen, Ich setze ihm Gelassenheit und himmelweite Zuversicht entgegen. Du basierst auf Meines Seins gewissenhaftem Resümee und spürst den Drang in dir, es ganz gewiss und unumstösslich zu erfahren. Keine Hürde ist zu hoch, sie mit elegantem Schwung zu überwinden und kein Aufwand zu prekär, als dass du ihn bewältigst, eingebettet in des Seins Natürlichkeit, Erhabenheit, beglückendes Relieve und überragendes Vollbringen.

5.4

Mit dem Kartenmischzylinder trete Ich in Aktion, wenn es Mir darum geht das Lebensglück gleichmässig zu verteilen im Kreise Meiner Jüngerschar. Alle sollen mit denselben Chancen an die Werkbank treten können, des glänzenden Erfolges wegen je nach Kondition. Sind sie gewillt, so schwenke Ich bewusst auf ihren Willen ein und weiss dabei, dass sie trotz allem Meinen zu erfüllen haben. Das geschieht, weil wir im Grund genommen alles, was da *ist*, selbander miteinander teilen und weil die glänzenden Talente mit demselben Nennwert vor uns liegen.

Vieles ist dir möglich, doch nur eines sollst du niemals tun: das was du könntest unbenutzt und brach zu halten unter dem Verschluss der Unvernunft und des Versagens. Mein Wahlspruch lautet: versuche stets mit diesem oder jenem sattelfest zu werden und zu reüssieren, dass die Gaffer kugelrunde Augen machen, ob der Daseinslust die dich beseelt. Ich stosse an und du schlägst wohlgemut den Takt dazu mit deinen Stössen, um schlussendlich alle Welt in einen Taumel der Bewegung zu versetzen, Mir und Meinem Wohlstand stürmisch und gekonnt entgegen.

Kannst du schwimmen schwimme auf den Wellenrücken meerweit und geduldig Meiner Zuversicht für deinen Schwung entgegen. Ich weiss, du wirst es schaffen bis ans Ufer der Unendlichkeit, um dann im Geistraum deiner selbst mit überirdischem Behagen aufzugehn. Nicht umsonst sind Meine Dinge vor den Lässigen und Eigensinnigen zutiefst verborgen, damit sie von den Trägern reiner Sehnsucht aufgespürt und aufgefunden werden können. Dann aber ist die Freude grandios ob der Entdeckung, dass sie *sind* und dass es nichts beglückenderes und gewaltigeres gibt, als bewusst, breitspurig und gekonnt dem filigranen Sein und Kraftfluss zu gehören.

Du kannst es drehen wie du willst, Ich drehe Meine Bürgen stets der Schaulust dessen zu, was Ich für sie und ihren Anhang Bin und für Unendlichkeiten und glückseligmachende Empfindsamkeiten seinsbeseligt bleibe..

Klammheimlich geht so manches unterm Ladentisch hindurch und landet in der Tasche dessen, der sich sagt: alles muss der Staat nicht wissen und gar vieles läuft doch wie geschmiert, was er bloss blockieren würde, mit der Inbrunst seiner Regulationen. Mir aber kann beileibe nichts entgehn, weil Mein Wissen jederzeit auch deins umfasst auf der Ebene, die wir mit grösster Selbstverständlichkeit gemeinsam haben.

Gut ist das, weil Ich dir damit helfen kann, dein Plansoll voll Natürlichkeit und Minne, Seinselan und Schaffenskraft gehörig zu erfüllen und obendrein noch mit dem Zauber deiner Fantasien zu verbrämen.

Ganz im Sinne Meiner Dienstbarkeiten lade Ich dich dazu ein, Mir einwenig zuzuhören, wenn Ich rede und devot zu schweigen, sowie es dich gelüstet deinen Senf zu allem, was nun einmal ist, dazuzugeben.

Wirke du, doch wirke nur, was *Ich* dir mit Entschiedenheit empfohlen habe. Schliesslich kann, ob Meinem genialischen Gedankenspiel auch nicht das Mindeste und Kapitalste fehlgehn, auf das Ich Mich besonnen und es stante pede ausgeführt und gutgeheissen habe.

Bist du wählerisch, so Bin *Ich* es schon längst nicht mehr. Ich ziele ohne federlesens dorthin wo die Fetzen fliegen sollen und die Mücken auseinanderschwirren weg vom butterbrötigen Juhee. Von Mir ist, was der Ordnung dient wie dem Gewissenhaften, zu erfahren. Mein Sein hat mit der Fülle wunderbarer Regelmässigkeit zu tun und offenbart sich jenen, die nach Recht und Ruhe, Lauterkeit und Herzenswohlfahrt streben.

Liebst du Meine Lustbarkeiten hast du ständig viel zu tun mit auserlesnen Spekulationen, Partizipationen und Gewinsten aller Art, die dein Sein befruchten und dich ständig intensiver und beglückender in Meine offnen Arme treiben. Das ist dann die Quintessenz von allem, was Ich hochgezogen und gestiftet habe in des Universums sagenhaftem Milieu.

5.5

Zeitig hast auch du das Ewige zu pflegen, damit es dir am Ende nicht verloren geht auf nimmerwiedersehn. Bienenfleissig nach Erkenntnis deiner Ichheit trachtend gehst du deinen Weg der tausend Wohlgefälligkeiten und Versäumnisse. Du selber führst dich unbewussterweise nach der Regel deines Inneseins und gewährst dir was dich lockt und lustig deucht, in deinem oft so widersprüchlichen Verfahren.

Wer kennt das nicht, dass ihm die Fäden, die er in der Hand zu halten glaubt, entgleiten und alles anders geht, als er sich vorgenommen. Das facht ihm dann die Zweifel an darüber, was er rechtens tun soll oder kann in seinem Sich-Bestätigen. Ist er allein gelassen? Nein. Von Mir strömt Weisheit und verehrenswürdige Vernunft zu seinen Talen nieder und lässt ihn finden, was er suchte und erkennen, was noch nicht genug gefestigt war. Seine Absicht wird zur Meinen und die Meine wird der seinen zugehalten so geschickt, dass schliesslich alles rund läuft und die Lebensdinge sich in Anmut und Gelassenheit, Friedefertigkeit und Harmonie vollenden.

Durch die Meisterschaft mit der Ich alles, was da *ist*, ins Leben aller integriere, werden durch die Seinsepochen alle zu derselben Wendigkeit geführt im Sich-selbst-Bemeistern, wie Ich es schon immer durch Mein integrales Sein getan. Meinem Wesen sind Allweiten und Unendlichkeiten, Unvergänglichkeiten und Befugnisse beschieden, die sich allen zugesellen, welche Mich zum Inspirator und Kreator, Licht- und Kräftespender auserwählt und angenommen haben. Das ergibt die Wissenschaft der geistigen Potenzen, die sich durch die Räume und Gestaltungen von Meinem wie von deinem Weltbedeuten ziehn. Es findet sich enorme Seinsbewusstheit in den suchenden Gemütern, die sie zu den Sternen trägt und zum Allhier in ihren geisteswirklichen

Dimensionen. Sowie du dich erkannt hast, als das Sein an sich, brauchst du nimmermehr zu rätseln und Bist frei heraus das, was du *Bist* in deiner Urgeschichtlichkeit und deiner Wonne am unendlichen Genesen.

5.6

Was nicht ohne ist ist mit und kann getrost auf's Feld genommen und Knall auf Fall dort abgefeuert werden. Manierlich geht es bei Mir weder auf noch zu, denn ob Probleme oder Flauten, sie werden von Mir angepackt und alsolange rigoros verfolgt bis sie gelöst und ausgestanden sind.

Zuerst einmal die Frage: Ist bei dir auch alles so verhängt und zugeschnürt an bittern Tagen wie bei Mir? Dann ist wohl ein Rundumschlag vonnöten, um dich zu befreien und um deiner Welt den Meister und das Angesicht zu zeigen schöner gehts nicht mehr.

Meine Welt ist nicht mit einem Löffelstiel und einer klitzekleinen Bagatelle zu vergleichen. Ihre Sprungkraft und Bedeutung ist, gelingt gesagt, enorm und hat den Wert, die Wirkung und den Umkreis von Myriaden. Glaubst du an Gottesgeister? Sieh, Ich will sie dir in aller Güte und Verbindlichkeit, Mustergültigkeit und Unverfrorenheit vors Seelenauge führen. Das bewirkt dann deine radikale Umkehr von dem Haften an der irdischen Substanz in jenen kritischen Bereichen, wo sie dich zur Sünde und zur Unbotmässigkeit verführen will. Da ist nicht alles Gold was glänzt und muss von dir als Schrankenlosigkeit erkannt und regelrecht zurechtgewiesen werden.

Bist du in grossen Zügen mit Mir einig, kann Ich dich mit Devoirs von höherer Ordnung und bestürzender Erhabenheit betreuen. Meine Macht wird offenbar und färbt auf deine ab, so dass du einem Mammut gleichsiehst in der Art, wie du dich gibst und deine Position in Meinem Sinn verteidigst und up tu date bewahrst.

Bei Mir mag noch so viel umstritten sein, Ich stehe wie ein Felsturm in der Brandung und lasse Mich um keinen Preis und um kein Nu gewaltsam von der Stelle rücken. Bin Ich so, so kannst auch du es sein, derweil Mein Schneid und Meine Schneide ohne jeden Zweifel trächtig, prächtig und entschieden in dir liegen. Es ist des Seins Gefieder, das dich schmückt und das dein Ein und Alles ist in der Vollstreckung der Gewissenhaftigkeit und Daseinswonne deiner Bahnen.

5.7

Wer beackert Meine Gärten, wird sich mancher füglich fragen, wenn die besten Kräfte mich verlassen haben und gezittert wird nach Strich und Faden. Soll Ich dir die Antwort geben? *Ich* aus Meiner Sicht auf alles, was gewachsen ist und grünt und blüht in seinen besten Tagen. Meine Kunst zu sein, ist niemals vom Verfall bedroht und lässt sich ohne weiteres bis ins Unendliche verdehnen. Mein Respekt gilt denen, die das widewidewitt begriffen und sich danach aus- und eingerichtet haben.

Wie es scheint verlässest du in absehbarer Zeit die Lebensszene wieder. Das ist offenbar ein muss, doch ist es eben nur dich halbe Wachheit, weil dein geistig Teil in seinem gloriosen Sein niemals erlahmt und brüchig werden kann in seinem Sich-agil-Bewahren.

Meine Front dehnt sich beständig aus jahraus, jahrein und kommt doch niemals in die Jahre, weil sie die nötigen Ressourcen ständig mit sich zieht und immer neue generiert im Wunderbaren.

Bald ist es auch mit dir so weit, dass du beginnst dich in dein Geistsein einzuleben und an ihm dein eigentliches Wirkfeld und Verfahren, deinen Kraftfluss und dein Resümee zu finden. Dabei muss es dir wie nichts daran gelegen sein, wie ein beherzter Hirsch den Abgrund unter dir zu überspringen, um so die beiden Weltenenden miteinander zu verbinden, sodass sie nur noch eines sind im übersinnlichen Gewahren.

Ich Bin, wirst du dann überzeugt und voll Begeisterung von dir zu sagen wissen. Das macht dann deine wahre Grösse aus und dein Dich-selbst-Empfinden als das Wesen des unendlichen Gedeihens an dir selbst, wie an den genialen Dispositionen, die du, von Mir inspiriert, zu pflegen fähig bist in deinen offensichtlichen wie post-humanen Lebensrunden.

Auch über dich geht ohne Unterlass das Seins-Gewitter nieder und befruchtet und beseelt, was du dir Bist, in wunderbar gesättigten und wohlbedachten Zügen. Willst du das? Ich denke schon, mit aller Inbrunst, Daseins-wonne und vollendet eingebrachtem Seinsgenügen.

5.8

Periodisch solltest du dich von Mir testen lassen auf Beweglichkeit in Sachen Sein sowie auf Mündigkeit in deinem sakrosankten Geistesleben. Da lasse Ich nicht locker, bis du Mir den sichtlichen Gefallen und die Gunst erweisest bei Mir anzutreten und auf alle Fragen, die dein Seelensein betreffen, redlich Auskunft zu gewähren. Fühlst du dich mit Mir verbunden?, spreche Ich dich leis in deinem Innern an. Und gleich geschieht es dir zu sagen: nicht so oft, wie du es wünschest in der Lebenstage Lust und Prolongation. Ich zürne nie, doch hör` Ich nimmer auf, dein flatterhaftes Köpfchen an-zutippen, um schlussends zu Meinem Recht zu kommen des Beachtetseins sowie der Dankbarkeit von deiner Seite aus auf Mich gesehn.

Querfeldein magst du den Hasen jagen, dem dein Ziel und deine Hoffnung gilt sein Fell voll stolz nach Haus zu tragen. Genauso Bin Ich auf der Jagd nach deines Seelenseins Befinden, um ihm den letzten Schliff wie die gebührende Erkenntnis seiner selbst voll Seele zu verleihen.

Du traust dir alles zu, nur nicht Mein Sein in dir für wahr zu halten und dich entsprechend einzurichten in der lebelangen Plackerei um nichts und alles in der Schule des Gewissens, die Ich dir verpasst und in dich eingemittet habe.

Meine Weisheit ist schon immer auf beredtem Kurs und soll es künftig noch viel intensiver und effizienter werden. Dabei liegt es alleweil an dir, sie richtig aufzufassen und in deinen Lebenslauf gehörig und bewusst zu integrieren. Die Ordnung, die daraus ersteht, verleiht dir unbedingt das Ansehn dessen der's geschafft hat, wahrer Mensch und Gottbegnadeter zu sein in seinem Wirken und Vor-aller-Welt-aufs-Trefflichste-Bestehn. Auf diese eklatante Weise nützest du dem Sein, das Ich dir Bin, am Meisten und überträgst es myriadenfach an die, die es am ehsten nötig haben. Es geht ein Raunen durch den Wald der guten Geister, wenn du ihn durchwanderst und wenn du stillestehst, um Meinem Sang aus tausend Vogelkehlen selig und entzückt zu lauschen.

5.9

Was hat es für dich zu bedeuten, dass du mit all dem was dir zur Verfügung steht, so wenig auskommst und zufrieden bist in deinen wirren Spekulationen. Du bist noch zu bieder im bewerten dessen, was du Bist und was dein Sein betrifft in ungezählten Variationen. Da geht es eben darum, dass du dich in dies und das verwandelst, um deinem Selbst wie deinem Gestus eine neue Note zuzufügen. Es gilt für dich zu neuen Ufern auszufahren, um gerade das, was dir noch fehlt, voll Wonne zu entdecken und es zu den Schätzen, die du schon gewonnen hast, hinzuzufügen. Da hilft kein Wenn und Aber und kein: wie es ist, so bin ich's doch zufrieden; deine Lebensfahrt geht weit und weiter tief ins Unbekannte, Widersprüchliche und Ungebührliche hinein.

Blindlings kannst du so nicht immer weiter laufen. Du beginnst, dich nach dem Sinn des Seins zu fragen, wie nach dem Ausweg aus so vielen Nöten und Notwendigkeiten, die sich in dir breit gemacht und eingenistet haben. Das ist für dich, wie Mich, die Wahrheitsstunde, in der Ich Mich in deinem Wesen als das offenbaren kann, was du wirklich Bist in deines Seins Gewissheit, Wunderwerk und Wesen.

Hast du dich so gehäutet, schlangengleich und schlau und Mir damit aufs Wunderbarste angeglichen, kann Ich dich in Meinen Reichen und verwandelten Gemütern hoch willkommen heissen. Du trägst den Sieg davon, zu dem Ich dich mit Vehemenz geführt und angestiftet habe. Da brauchst du nur noch Seinsbeständigkeit, Natürlichkeit und Redlichkeit in dir zu pflegen, um vollends auf Meiner Seite, Sinnkraft und Erhabenheit einherzugehn. Deine Würfel sind gefallen, ihre Augen ausgezählt und diese haben sich als überaus geschickten und bewundernswerten Beitrag für dein Wertsystem erwiesen. Im Umgang und Umhang mit Mir erweist sich alles, was du Bist, als ausgezeichnete Gewähr für Fortschritt, Seinsbewusstheit und Dich-in-dir-selbst-Bewahren. Und gehst du aus, so ist es immer ein beglückendes und wohlverdientes Heimgehn in den namenlosen Blütenzauber Meiner Universenweiten.

5.10

Der eine findet`s gut, der Andre macht es gütig vom ersten bis zum letzten Tag. Ich aber Bin dazu geneigt all das in alle Ewigkeit im Herzen zu bewahren. Auch dir steht es wohl an, nicht ständig zu vergessen, was du vordem tatest, denn nur das kann dich so richtig vorwärtsbringen und dir gestatten, dich auf den grünen Zweig zu schwingen, dem deine Sehnsucht wie dein Auftritt gilt.

Auch deine Palmenblätter sind nicht ohne Bückling oder Leiter auf- und abzulesen. Dein Geschick bestimmt das Schicksal ebenerdig oder in den Himmelweiten ständig vor dir her. Beim unaufhörlichen Geklingel und Geringel deiner Zeiten ist es ratsam, alles gegenwärtige sogleich und sorgsam anzupacken, damit es seinen Charme und seinen Wert am Ende nicht verliert und nutzlos wird, ob deinem ewigen Vertagen.

Ist dein Kalenderchen auch prall gefüllt mit Dates und hundert anderen Betreffs und Korrelaten, soll es dir pflichtig sein und richtig, alles mit Gelassenheit und Übersicht, Souveränität und Seelenruhe abzuhandeln, was deinem Menschensein obliegt. Deine Grösse soll darin bestehn, dass du die unscheinbaren Dinge Ernst nimmst und dem pfundigen nicht allzu grosse Wichtigkeit und Wucht, Sagenhaftigkeit und Ehre zugestehst. In Meinen vifen Augen sehn die Lebensdinge merklich anders aus als in deinen flatterhaften Lichtern, denen eines Luchses zu vergleichen. Meine sind es eh gewohnt, Güte, Takt und Zuversicht in reichem Masse zu verströmen, derweil in deinen noch viel zögerliches lodert ob der Menge deiner Irritationen.

Die Welt ist grandios, doch willst du sie erobern, musst du klitzeklein beginnen und ihr Schritt um Schritt zu Leibe rücken. Dein Erfolg besteht darin, dein Gläschen hundertmal zu füllen und dem Leben zuzuprosten, das du freudig, mutvoll und gelassen führst. Dazu sind dir Meine Winke, wie der Golfstrom meerweit, dringend nötig, um den Ausgleich und das Resümee zu schaffen in der Fülle der Ereignisse, die dich schlicht und einfach, kurlig und verzwickt zur glückseligen Vollendung führen.

5.11

Was gibt Anlass dazu, dich ein übers andere Mal profund und lautstark über etwas zu beschweren? Deine Schüsseln sind gefüllt und an dezentem Nachschub kann es bei dir nimmer fehlen. Doch ist die Langeweile in dein Herz gezogen, die es, einer Schlange gleich, benagt und droht, es vollends zu zerstören. Das ist, weil du dich selbst als Mittelpunkt der Welt betrachtest, die sich des langen und des breiten um dich zieht. So schliessest du dich in dir selber ein, statt dich dem Heil zu öffnen, das Ich Bin und das zu deiner Heimat werden soll in grandiosen wie in seinsintimen Zügen.

Dein Bedeuten sollst du tunlich pflegen, aber nur in Mir, der Ich dich schon immer bestens toleriert und bei Mir aufgehoben habe.

Was Ich pflanze pflanzt sich fort in alle Ewigkeit und was bei Mir wächst hat die Chance wahrhaft gross zu werden, in der Art wie Ich es immer intendierte. Nimmst du Mein Bedeuten willig an, so überträgt sich alles was Ich Bin auf deines Seins Vernunft und gütestrahlendes Gewissen und hält dich bei der Stange, wenn es darum geht, dem Unmut zu entkommen und mit richtungweisender Rochade den Spielgewinn perfekt, unbürokratisch und manierlich einzuläuten.

Nichts soll dir künftig mehr zuwiderlaufen, weil Ich deine Lebensbahnen offen halte, sommers kiese und im Winter tüchtig mit dem Pflug befahre. Das sind nun für dich die goldnen Zeiten, die zu erleben sich zuinnerst lohnt und die Ich impulsiere, leichthin und gekonnt, saluber und erschöpfend deinetwegen.

Möchtest du verschwinden, schwinde ungesäumt in Mich hinein, der im Geiste auf dich wartet und dir die Gelegenheit beschert in seinem Reich und Reichtum aufzuwachen wie das Säugekind am ersten Tag. Dir allein gilt dann das Sorgen um dein Wohl und Mein Bestreben, dich in dem zu unterrichten, was dir Götterherrlichkeit beschert. Dann geht ein Raunen durch die Reihen derer, die dich lieben und der Freudenruf erschallt: du Bist und Bist zu dem geworden, was Ich Bin im Seinsgewandte wie in der Verwandlung wonnevoll und universitär.

5.12

Auch Montenegro ist nicht immer schwarz gewesen, doch nun scheint es, dass sein Image von den Höllenpforten überwältigt worden ist. Ein solches Missgeschick soll dir und deinem Anhang nie passieren, weil Ich von allem Anfang an dafür besorgt gewesen Bin, dass dich nichts unbotmässiges touchiert in deinem Dich-durch-Meine-Büsche-Schlagen.

Fehlt dir etwas, wird es dir aus Meinem Fundus sogleich hergetragen, ist dir eine Panne zugestossen, hörst du schon von weitem die Sirene schallen, die dir Hilfe bringt, Relieve und neues Wohlbehagen.

Könntest du nur den enormen Aufwand sehn, den Ich um dich herum betreibe, damit du ständig wohlversorgt bist mit dem Nötigen für deines Hirtenlebens Flötenklang und Stil.

Ich unterweise dich in allen Sparten des vernünftigen Agierens mit Bedacht und mit so viel Erfahrung, wie dies kein anderer auch nur im Ansatz leisten und vollbringen könnte. Damit ist gesagt, dass es sich lohnt in Meine Hemisphäre einzutreten, um von alledem zu profitieren, was Ich in verschwenderischer Fülle, Fruchtbarkeit und Liebenswürdigkeit zu bieten habe.

Alles, was von Mir bestimmt ist, wird für immer stimmig sein und was Ich ständig und inständig intendiere, wird sich unbedingt und fabelhafterweis zur Wirklichkeit erheben. Zahllos sind die Schwingen Meiner Wohlgefälligkeit, mit der Ich, was Ich Mir erschaffen habe, unterhalte und von A bis Z versorge nach dem Motto: viel ist für dich nie zuviel, weil sich die absolute Fülle ständig selber wieder generiert, um neue Werte und Verbindungen, Partnerschaften und Errungenschaften zu kreieren.

Wohlan, was dich betrifft, soll dich auch gründlich treffen, damit du einstens von dir sagen kannst: ich habe es geschafft, in eines Gottes Würde, Wohlfahrt und Erhabenheit zu treten, die Mir alles bringen wessen ich bedarf und ob dem die Lobgesänge nie verklingen aus des Herzens und der Seele intensivem und bewundernswerten Seinserfahren.

5.13

Hopplahopp pflegst du deinen Untertanen zuzurufen, um ihnen Beine anzuschnallen offensichtlich für dein Wohl. Wenn du dich regst, wünschest du, dass sich auch die anderen bewegen, ruhst du dich aus, so wäre es dir höchst genehm, wenn deine Schaufelträger lang noch nicht ans Innehalten dächten. Du versuchst dem Leben seinen Rhythmus zu entziehn und neigst dazu, sogar für dich das Pausenlose anzustreben.

Eine Geste Meinerseits kann dir da weiterhelfen, die besagt, dass sich der Lust auf Lebelustigkeit auch die auf ruhiges Betrachten deiner Situation an sich hinzugesellen sollte. Dein Wissen über dich vermehrt sich in dem Mass, in dem du nicht stets neues wissen willst, sondern dem Bekannten auf den Grund gehst, um es in dir lebendig zu erhalten. Und bist du wirklich gründlich, so findest du unweigerlich dein Ich in Meines eingebettet wie der Keimling in die Frucht und wie das Kindchen in die Mutterarme. Das ist es dann, was dich zur wahren Menschlichkeit erhebt wie zur Gottseligkeit in dem der *ist* und der die Haare zählt auf deinem Haupte wie die ausgerissenen, die längst in einer Abfalltonne liegen.

Ich Bin für dich beileibe nur so grandios, wofür du Mich in deinem Kleinhirn halten kannst. Dafür, dass diese Ansicht nicht der Meinen angehört, bringst du bis dato kein Verständnis auf und lässest damit eine wunderbare Chance lässig liegen. Die Chance nämlich, dich als Meines Handelns Fingerchen zu fühlen und dir dabei bewusst zu sein, dass du mit allem was du unternimmst in Meinem Namen ein bedeutend Werk vollbringst im unentwegten Mich-bevorzugt-zu-Bedienen.

Du windest dich und bindest dich beständig und bewusst an Mich heran, indem du Meines Sinnens Sinn gewahrst und nach ihm handelst, ohne dich zu zieren.

Kontraproduktiv mag auch bei dir noch vieles sein, doch wenn du dich der Achse des Vertrauens anvertraust zu Meinem Dich-Begründen, hast du dem Wesentlichen Vorschub und Relieve geleistet folgenleicht und -schwer.

Bin Ich bei dir, so Bin Ich es auch jetzt in deiner Unbeholfenheit und deinem klassisch aufgemachten Wähnen. Ist dir das bewusst, so hast du Meines Wesens Fülle, Fabelhaftigkeit und Figalanz zutiefst begriffen und darfst dich Kapitän des eignen Liners nennen auf dem unermesslich weitgedehnten Lebensmeer.

5.14

Bis zu diesem konzertanten Seinsmomente kenne Ich dein Freudenreich und Weh. Es ist Mir nicht verborgen, welchen Praktiken du frönst und welche Lässigkeiten dir zu schaffen machen in der lebelangen Zeit des Lernens wie des Zu-dir-selber-Auferstehns.

Kenner sagen, das ist alles mehr als gut, was dir geschieht in deinem resoluten Vorwärtsstreben; Banausen finden es entsetzlich und versuchen alles von sich fernzuhalten, was ihr Wässerchen nur im geringsten trüben könnte.

Schillernd geht der Schillernde voran und lebt von den frischgebackenen Brötchen, die ihm das Sein und Leben zugesteht mit wunderbarer Regelmässigkeit in seinen buntbesetzen Jahren. Ist er aber an die sieben mageren geraten, fasst ihn alsogleich der Trübsinn an und er weiss sich nimmermehr zu helfen im Gewirr, der einst so sichern und stabilen Daseinsqualitäten.

Das bedeutet, dass er abgedriftet ist vom optimalen Kurs, den Ich ihm vorgegeben und bis ins Detail als der Gängigste und Virulenteste bezeichnet und erläutert habe. Nun aber sind enorme Korrekturen anzubringen, weil die Einheit zwischen dir und Mir gelitten hat und viel zu viele Albernheiten wie fette Wasserflöhe an dir nagen. Ich miste aus und fülle deine Räume wie mit duftgetränkten Wiesenhalmen wieder. Du gesundest am Eratmen der dezenten Wohlbekömmlichkeit der Geistessphären, in die Ich dich geschickterweis geführt und abgehalftert habe.

Ohne Mich kannst du nicht sein und ohne das, was Ich dir pausenlos vergebe. Auf deiner Lebensstrecke möchte Ich dich gönnerhaft begleiten und was du verhandelst würde gut zu *Meiner* Wirtschaft und Manege passen. Warum? Nun kommt der Clou: was bei dir abläuft, läuft wie aus demselben Film geschnitten, auch bei Mir und was dein Sein betrifft, hängt bei Mir haargenau am selben Faden. Ich opfere Mich auf und muss von dir denselben Dienst verlangen; Mein Dasein setze Ich aufs Spiel und Bin der Hoffnung, dass du selber dich nicht schonst, um selbander mit Mir Wundertaten zu vollbringen. Meine Ehre ehrt die deine und vermehrt das Renommee, mit dem wir das Unendliche bezeugen.

5.15

Wie findest du das Treffen zwischen dir und Mir in deinem Seelengarten? Sehr erbaulich wohl, weil Ich dich darin unterweise in der Kunst zu sein und deinen Taglauf nach dem auszurichten, was Ich Bin, in Glanz und Glorie wie in der Fülle Meiner Wundertaten. Weben kannst du wohl, doch in Bezug auf die enorme Wirkung, die *Ich* damit weltenweit erziele, bist du ein Banause erster Güte, der nicht weiss, woher er kommt und wohin er seine Schritte lenkt leichtsinnig in des Lebens Last und liebevoller Ruh.

Selbst unter indischen Gelehrten, immer wird Mein wahres Antlitz fieberhaft gesucht und im reinen Lichte der Verklärung auch gefunden.

Mein In-dir-Sein multipliziert den Wert von dem, was Ich bereits in dich gelegt und in dir hochgezogen habe. Nun ist es an dir, das was du Bist, gebührend zu begreifen, um es zu dem zu stilisieren, was Ich will und immer wollte in der Wucht und Willigkeit der Evolutionen.

Magst du, was dir so begegnet und was dich im Innersten betrifft im längelangen Leben, magst du Mich und willst es eigentlich für alle Zeit nicht anders haben. Wie Ich dich kenne, bist du jedoch alles andere als bis zum Grund mit dem zufrieden, was du hast und Bist in deinen unstabilen und nur allzu oft beklagenswerten Situationen. Daraus ergibt sich, dass du Sicherheit und Minne, Munterkeit und Wohlfahrt suchst in deinem Dich-zutiefst-Besinnen auf das, was du wirklich darstellst auf der Bühne Meines Seinstheaters. Du findest dich in Mir, dem Allerbarmer, Motivator und Regent der Götter- wie der Menschenwelten dort und hier.

Was Ich dir Bin ist wie mit Flammenschrift in fabelhafter Sinnkraft in dein Herz geschrieben und lässt dich nimmer los, bis du es in einem Freudenschwall erkennst und künftig mit ihm durch dein Dasein wandelst. Das geschieht so aufgeschlossen und beschwingt, richtung-weisend und stabil, gewissenhaft und glückerfüllt, als wär es immer so begeisternd und bewusst gewesen.

5.16

Durch Mich erheben sich des Seins Gewalten mutwillig, keck und kriesensicher über alle Geisteslande hin, die Ich beherrsche aus dem Handgelenk, behänd und immer mehr. Viel hab Ich hierzu nicht zu sagen, weil bei weiterführendem Bedenken das Begreifen in die Brüche geht und das Verständnis sich dem Nullpunkt nähert in den Reihen Meiner suchenden Gefährten.

Trost zu finden ist bei Mir mit viel Elan und Muster-gültigkeit verbunden, mit denen du den Nachweis bringen musst, dass du es Ernst meinst mit dem Schritt-weis-über-dich-Verfügen. Meines Schreitens Aperçu, Konglomerat und richtungweisendes Verfügen zeitigt Wirkungen von wunderbarer Ebenmässigkeit, Geläufig-keit und Harmonie. Ich hab es Mir längst angewöhnt, nur Seinsvollendetes und Delikates, Bezauberndes und Sylphenleichtes zu kreieren, das Mich selbst wie auch die ganze Welt entzückt und hüpfen lässt vor Freude und Vergnügen.

Edelmut ist immer auch mit Gebefreudigkeit verbunden und führt vor allem Mich dazu, Mich vollends in der Universenwelt und Wirtschaft zu verlieren. Das siehst du ja und spürst wie Ich es kaum erwarten kann, bis du dich selber auch verlierst, in dem was *Ich* dir Bin in Meinem Plansoll wie in Meinen kugelrunden Applikationen. Bist du dir selbst ein Beispiel der Gerechtigkeit am Sein und Sinnen, Gütigsein und Wohlgehalt der Geisteswelt geworden, Bist du zugleich auch Meiner Garde willensstarker General. Deine Lebenskräfte folgen dir wies Tüpfchen auf dem I und lassen dich vor Wonne über das Erreichte wie ein Lichthauch in der Sonne glänzen. Du witterst Meine Wahrheit wie ein Reh, versteckt in den Gebüschen, wie der Fuchs, der mächtig, prächtig und gekonnt den Hühnerstall umschnüffelt.

Meine Wirkung in den Geistgefilden ist enorm und soll zuversichtlich und beharrlich auch die deine werden, damit Mein Wort und Wünschen sich erfüllt: sei dich selbst und damit auch in Mir aufs Köstlichste, Glückseligste und Meisterhafteste gediehen.

6

Bewunderung für was ?

6.1

Bewunderung für was? Für den Ernst der Lage, der sich strikt und felsenfest durch die Äonen Meines Weltenschaffens zieht. Soviel wie Ich kann niemand aus dem Hute zaubern, ohne gänzlich bei der Sache und stets auf der Hut zu sein sich nicht in allzu vielen Details zu verhaspeln und verlieren.

Mein Lauf jedoch hat schon so früh begonnen, dass er dir schleierhaft erscheinen muss und wie ein Traum von guten, alten Zeiten, denen das gewisse etwas beigebracht und anempfohlen werden muss, um sie aufs Seelenvollste zu beleben.

Bist du versucht, Meinen Standpunkt wie Mein Vorgehn als unpraktisch, skandalös, ja als chaotisch zu betrachten, so schaue einmal bei dir selber nach und lasse dich davon getrost und billig eines schlechteren belehren. Es gibt ein Sprichwort, das da heisst: steter Tropfen höhlt den Stein. An dieses habe Ich Mich stets gehalten, wenn es darum ging unendliches ins Spiel zu bringen, dem auch heute noch nur mit unendlicher Geduld und Sitte beizukommen ist. Du kannst an ihm den Fortschritt lesen, den Ich leichten Sinns und schweren Bluts durch die Jahrtausende getragen.

Kongruent und deckungsgleich mit Mir und Meinem Wesen ist und bleibt was immer Ich hervorgebracht und mit Bewusstsein ausgestattet habe. So auch du mit deinem Nimbus und der Neigung über dich hinauszuwachsen, natürlich nicht von ungefähr. Ich fasse kurz zusammen, was der Inhalt Meiner Rede ist und war: dich über Meines Schöpferseins Gewissheit, Geistigkeit und Sinnkraft zu belehren und dir als wie ein Mahnmal einzutrichten, dass du Bist und dass dein Wesen voller Seinslust und Ergiebigkeit, Sagenhaftigkeit und Menschen-Gottes-Würde ewig währt. Es muss sich einen

Deut um seine Zukunft kümmern, weil *Ich* Mich mit herzinnigem Elan mit ihm befasse von A bis Z, von unten, oben, links und rechts in allen wohlgesinnten, wonnevollen und gekonnten Variationen.

6.2

Wer sich merkt wo er zuzeiten war, hat den enormen Vorteil, dass er sich ohne weiteres dorthin begeben kann, wo es ihm regelrecht gefiel. So meine Ich, wird es auch dir gefallen in den Schoss der Geistigkeit zurück-zukehren, in welchem du einst friedevoll und unbe-scholten, tatkräftig und verschmitzt verankert warst.

Den Ursprung deines Seins wirst du niemals verleugnen können und die Gabe der Verheissung wird dich nie verlassen, wenn sie einmal bei dir war. Somit trifft auf dich genau das zu, was auch Mich betroffen macht in Meinem seinsbedingten Ritual.

Wenn Ich spreche, rede Ich von Dingen, die für dich, wie Mich beförderlich und wohlbekömmlich sind in allen Variationen ihres Auftritts und Sich-selbst-Behauptens im verhängnisvollen Weltgeschehn. In Kürze wird es dir gelingen, so erfinderisch und selbstbewusst, bravourös und resolut herumzugeistern, dass sich jedermann in Ehrfurcht vor dir beugt und dir gebührend salutiert in deinem hochgebornen Rang und Namen.

Bereitsspurig und besonnen komme Ich daher, wo es gilt Eindruck zu erwecken und *Meiner* Sache Schub und Schichtung, Schwung und Rasse zu verleihen. Immerhin Bin Ich der Erste und Berufenste seit Anbeginn und werde es noch sein, wenn alles irdische und irdene schon längst vergangen.

Protzig war Ich nie, doch prächtig aufgetakelt wie ein Siebenmaster akkurat aus Nelsons Zeiten. Das funkte dann und dampfte, wenn die bronzenen Kanonen einem Gegner breitseits eins verpassten, dass er sogleich unterging und schliesslich nur noch ein paar Futterkisten leichterdings durchs nasse Schlachtfeld torkelten. Eine wahre Wonne war das anzusehn. So hat alles seine Zeit und seinen Zauber und wird von Mir gebührend aufgepuscht und wieder losgelassen. Inseln tauchen auf im Ozean und sinken mählich wieder bis sie nur noch als Untiefen im abgegiffenen Verzeichnis figurieren. So auch du, doch liegst du Mir am Herzen, wenn Ich dich vom Diesseits abgezogen habe und träumst dein Dasein in glückseligem Erinnern an das Einstige im irgendwann und irgendwo.

6.3

Von Mir positiv getestet wirst du nur, wenn dein Weltbild wie auch dein Gehaben gegenüber Mir genau im Lot und stimmig sich verhalten. Da darf über deine Seinsbestimmung und -gesinnung kein Deuteln oder Reizen mehr bestehn. Es muss dir klar sein, wer und was du Bist in deinen vifen Basteleien und Gepflogenheiten. So etwas wie ein Unikum muss dich beseelen von ruhiger Gewissheit über deines Seins Gebärde und Verschachtelung gerade mit der Meinen. Das versetzt dich in die Hoffnung, dass Ich liefere die Daten und du wertest sie getreulich aus gemäss dem ausgeklügelten und delikaten Schema, das Ich dir vertraulich vorgegeben. „Auf die Plätze, los", wird es dann für jene heissen, denen Kompetitionen Ein und Alles sind in ihrer Art und Weise das Leben zu ergreifen und aufs Allerbeste zu bestehn.

Meine Willkür ist kein Dauerbrenner, sondern ein gewaltiger Impuls an alle Welt wie deine Fähigkeiten sie auf Trab zu bringen und das bestmögliche aus ihrem Saftigsein herauszupressen. Das versetzt dich ohne weiteres in einen Taumel der Glückseligkeit am Sein und

Leben und gewährt dir das, was du schon immer wolltest seit geraumer Zeit in vielen Inkarnation.

Begreifst du nun, in welche sagenhaften Höhen des Bewusstseins Ich dich unablässig und gezielt manövriere, um der Weltenschöpfung ihren letzten Sinn und ihre Andacht, ihre Würde, Geisteskraft, Integrität und Schönheit zu verleihen.

Ich Bin nicht so, wenn es Mir darum geht, ein Freudenfeuer zu entzünden über dem, was Ich erreicht und aufs Intimste gutgeheissen habe. Und das ist doch recht viel, wenn du bedenkst, mit welchem Aufwand Ich das Sternenall und seine Funktionen zweifellos errichtet habe. Dem geht voraus, dass alles einmal regelrecht im Keimen lag und von Mir ausgebrütet und herangezogen werden musste, bis es soweit war, wie heute und noch weiter werden wird, bis in unendlich weitgedehnte und bewundernswerte Seinsdimensionen.

6.4

Was bedeuten dir die Fahnen mit dem weissen Kreuz auf rotgefärbtem Tuche?. Patriot will jeder sein in seinem Seinsempfinden, eine Mischung von Verbrüderung mit allem was da *ist* mit singen, johlen, fahnenschwingen und zutiefst erschüttertem Gemüt von der Rede des Magisters im Quartier.

Du siehst im Wind die Wipfel wanken und vergleichst dein wankelmütiges Gesumse mit dem ihren. Das muss sich bessern, lispelst du in dich hinein und vergissest deine Absicht sogleich wieder. So laufen deine Wege viel zu oft noch weit am Ziel vorüber und müssen, Meiner Intervention gemäss, begradigt, glattgestrichen und entrümpelt werden.

Ich ziehe durch, was du noch siebenmal infrage stellst und zögre nicht, Mich blosszustellen, wenn es darum geht, ein lebenstüchtiges Projekt vor aller Augen sachgerecht zu präsentieren. Mein Wort gilt myriadenmal so viel wie deins, wie solltest du dich nicht mit ihm liieren und versuchen, ihm gegen alle Widerstände Recht und Geltung zu verschaffen.

In Meinem Märchenreich ist es zum vornherein gegeben, dass Mir die Sonne, wie die muntern Sterne niemals schwinden, weil Ich sie selber Bin mit ihrer Virtuosität im Lichtverstrahlten. Ihre Wärme ist des Lebens Grundgehalt und ihrer Himmelsgrazie ist beileibe nichts hinzuzufügen. Das Komplette ist auf Meiner himmelblauen Seite angesiedelt und die Lebenswürfe fallen stets zuoberst mit den Sechsern Meinen Gunsten zu.

Ich muss Mich zeitig in den Weltentag erheben, um mit alledem, was noch zu tun ist, regelrecht zurechtzukommen im verheissenen und wohldurchdachten Ebenmass. Was deine Sorgfalt und dein Sorgerecht betrifft, kann Ich dir nur von ganzem Herzen raten, sie unter Meinen Schutz zu stellen, damit sie wohlversorgt sind und aus tiefstem Grund gedeihen können. Mein Bestreben ist es, allen Lebenstüchtigen wie Liederlichen und Blamablen ihre angemessne Gängigkeit, Gutmütigkeit und Klugheit zu verleihen. Damit ist ihr Glück zum vornherein besiegelt in dem Willen, nur das Allerbeste und Beglückenste, Wählerschafteste und Wunderbarste aus dem Ursein in das Künftige und Wonnevolle zu erheben.

6.5

Klärend und Verklärend durchschreite Ich die Reihen Meiner Untergebenen und gebe ihnen zu bedenken, dass ihr Sein sich unter ausgezeichneten Bedingungen vollzieht, von denen nur die Allerwägsten und

Prifilegiertesten was richtiges verstehn. Dabei vollzieht sich alles, was sie *sind*, mit einer Sachlichkeit, Pedanterie und Perfektion die ihresgleichen suchen im Gewoge und Getümmel der banausischen Kollegen.

Ich wette, dass die Masse aller In-sich-selbst-Verliebten keinen Deut davon versteht, was wirklich relevant ist in des Lebens Zitterspiel und Zagen. Wohin fühlst du dich gezogen, zur Gemeinde derer, die zu wissen glauben, wo es lang geht, derweil sie munter und gefügig in die Quere laufen, oder zu den Schlichten, die sich einfach fragend und bewundernd durch die Lebewelt bewegen. Ich pflichte allen bei, die sich als Lernende, Unwissende, Einfältige und Tapfere verstehn, im lebelangen Ringen um Beständigkeit und Herzensgüte, Dankbarkeit und sachgerechte Seinsphilosophie. Ihnen steh Ich wacker bei in ihrem Aufzug und Erwarten und leite sie zu dem, was sie so innig und gedankenvoll erstreben.

Allen, die von Mir auch nur ein Zipfelchen gekostet haben, fehlt im Grunde nichts mehr für ihr Weiterkommen auf der Bahn der tausend Möglichkeiten grandios und gut zu sein, geschickt und hochbegabt unter Meinem himmelweiten Baldachin. Sie schürfen bares Gold mit jeder Frage nach dem Sein, die sie vertrauensvoll und tätig an Mich richten, wie an die Erfahrenen von Meinem Rang und Meinen Geisteshöhn.

Soviel Ich immer weiss, will Ich dir liebevoll und generös vor die galanten Füsse legen, die schon seit Generationen auf dem Weg zu Mir etwelche Schwielen mitbekommen haben. Ihnen ist zu danken, dass sich die Welt der wahren Dinge und Begriffe immer weiter dreht, Meinem Wohlsinn wie der Fülle Meiner geistesfrohen Wirklichkeit entgegen. In ihr bestätige Ich dauernd, was Ich Bin, und will auch dich sogleich sowie in unermessner Ferne wunderbarerweis bestätigt sehn. Das ist dann Meiner

Grazie und Liebenswürdigkeit, Herzbewegtheit und Gottseligkeit aufs Höchste zu verdanken.

6.6

Erscheinst du vor dir selbst als festgefahren, pflege Ich zuerst zu fragen: willst du, dass Ich dich befreie von dem penetranten Weh? Hast du den Mumm, dich für dein zweifelhaftes Tun und Trachten vor Mir anzuklagen, kann Ich deinen unheiligen Allianzen Meinerseits den Laufpass geben. Das aber nützt dir gar nicht viel, wenn du nicht von deiner Seite tätig wirst, um den berühmten Argusstall gehörig auszumisten nach dem Motto: gehöriger, rechtschaffener und glaubwürdiger gehts nimmermehr.

Gehst du einst von dannen, ändert sich dein Wissen von dem Sein mit einem überwältigenden Schlage, denn du gewahrst dich selbst als Wesen der Unsterblichkeit mit einer Wonne ohnegleichen. Nichts hindert dich daran, dir diesen Fact schon jetzt gehörig und zweckdienlich vorzustellen, um daran unbedingten Halt und seelenvolles Heil zu finden.

Es steht dir bestens an, Gespräche und Erwägungen mit Mir zu führen, die sowohl dir selbst wie auch dem ganzen deiner Welt enorm zum Heile dienen. Du wirst fabelhafte Seinsgelassenheit und Fruchtbarkeit in dir verspüren und dein Wesen wird sich Mir und Meinem Sinngehalt entgegen so verändern, dass du dich aufs Tröstlichste und Wunderbarste, Seelenseligste und Freudigste wie neugeboren siehst im Geiste, den Ich dir beschieden.

Deine Engel lächeln sich ins Fäustchen, wenn sie deinen Wandel wie die Seinsverwandlung sehn, die sich mit dir und deinem Hofstaat fabelhafterweis vollzogen. Sie reichen dir die Hand zum Tanz um eine Mitte, die von dir errungen, ganz allein dir selbst gehört in deinem Dich-Verwundern.

Und so weiter darfst du dich in Meinem Milieu und Marktplatz, Geistgebiet und Himmelreich bewegen. Was du dir Bist, ist völlig eins mit Mir geworden und darf sich rühmen, eines Gottes Qualität und Mustergültigkeit, Potenz und Edelmut erreicht zu haben. Das ist dann für dich und deinesgleichen schon recht viel und muss von Mir aufs Kräftigste gelobt und gutgeheissen werden. Alles weitere ergibt sich dann von selbst und wird dir noch bis ins Unendliche aufs Fabelhafteste und Beste gutgeschrieben.

6.7

„Singin` in the rain", ist eine gängige Devise, die im Unheil Segen spendet und im Regen götterherrliches Bewahren. Du magst es drehen, wie du willst, Ich Bin noch immer jener, der die Hebel umlegt und die Rädchen springen lässt in deinem figalanten Seinsrevier.

„Es kommt, wie's kommen muss", mag recht und gut sein, aber wie`s dann kommt, hängt auch von dir und den gewieften Seinsgedanken ab in deinem Dich-Erleben. Was vorwärts strebt, muss auch gehörig Rückhalt finden von dem, der ihn zu Taten und Verrichtungen, Wohlgefälligkeiten und Exzessen antreibt mehr und mehr. Und der Bin Ich in Meinen schöngefärbten Kanzelreden wie in Meiner Eigenschaft als wissender Begleiter durch den Wust und Frust der Lebenszeiten.

Was Ich als genehm und angenehm gebilligt habe, trägt den Stempel Meiner Dignität und kann nicht einfach so, als ob es nichtig wäre, übergangen werden. Jedermann muss mit dem rechnen, was *Ich* als Gesetz und Ordnung, Wohlanständigkeit und Grazie des Himmels hingepflanzt und dargeboten habe. Da gibt es noch recht viel für dich zu rechnen und zu tun, bis es dir klar geworden ist, dass Ich der kapitale Rechner Bin in allen Seinsbelangen, Tröstungen und Partizipationen.

Da wendet sich das Blatt und Seinsvertrauen bricht aus allen Lebensfeldern schlicht und wohlgemut hervor, um den Nimbus Meiner selbst aufs Trefflichste und wohlgelungenste, Erhabenste und Wunderbarste zu beleben. An Meinem Gutherz hängt die Welt mit allen ihren multiplexen und verwirrungen Vibrationen, Seinsgespinsten und belebenden Allüren. Trumpf um Trumpf entwinde Ich mit Vorsicht und mit gutem Willen Meinen Vaterhänden und bedecke und bedenke damit alles mindere in Meiner Wirtschaft wie in Meinem tadellosen Gutsbetrieb. Darin kann Ich noch in Hülle und in Fülle wohlgesinnte und gerissene Gemüter brauchen, die belebend und gesundend und wirken allezeit und ganz besonders jetzt im Aufbruch zur Verlässlichkeit und Unbescholtenheit der Geistessphären.

6.8

Rituale sind von Mir gebilligt, wenn sie ehrenwerten Zwecken, Zubereitungen und Manifesten dienen. Alles andere ist zum vornherein verwerflich und wird von Mir geandet folgenschwer. Licht sind die Reihen derer, die nur lichtes und erhabenes verbreiten, bedauerlich der Nachhall Meiner guten Worte, Meinerseits erfahren. Dennoch geht die Rechnung spielend auf, weil die Wenigen, die Mich begriffen und verstanden haben, über vieles Wache halten und den Fortschritt generieren in der Menschheit Myriadenschar.

Das Wirkliche, das Ich Mir Bin, wird immer vehementer offenbar und tränkt die Seinsbegeisterten und vifen Seelen mit unendlichem Gefühl für wahre Werte, Partnerschaften und Vollkommenheiten. Ich Bin Mirs gewohnt, mit hocherhobnem Haupt einherzuschreiten und zum vornherein den Freudenschwall des Siegens zu geniessen. Wann wirst auch du soweit gediehen, aufgeforstet und erblüht sein, dass nur noch wesentliches und erhabenes in Frage kommt in deinen weltenweitern Operationen.

Viele Gründe sprechen für den positiven Ausgang der Geschichte, die Ich Mir ausgedacht und eingebrockt, serviert und bis dato so gewinnend ausgelöffelt habe. Konsterniert betrachten Meine Feinde wie wenig sich von ihrem Angriff, Eingriff wie von ihrer Seinsverwegenheit verwirklicht hat im konvoluten Zuge ihres Widerstrebens.

So und somit wird es sich auf jeden Fall als tunlich, relevant und aussichtsreich erweisen, wenn du Meines weisen Ratschlags dich versiehst, um deines Lebens Laufschritt und Regie, Pluralität und Praktikum gebührend zu bewältigen. In allem, was da *ist*, befindet sich die Oberhand bei Mir und Meinen Seinsbegünstigungen, die untere soll weiterhin mit Nachdruck und Natürlichkeit nur dir gehören. So sei es zwischen dir und Meinen Seinsmodalitäten, deren Wirkung Frieden schafft, harmonisches Geflüster und dezentes Equilibrium in Meiner vielgeliebten Myriadenschar von seinsgewissen Wesen. Ihnen winkt Erfüllung, Daseinswonne und Relieve rundum und intensiv in der Erfahrung ihrer Wohlgeborgenheit in Mir.

6.9

Unendliches wird für dich wahr, sowie du dich darum bemühst es aufzudecken und für deine Zwecke fruchtbar und devot zu machen. Hat dir schon jemand zugeraunt, dass es Mich gibt und dass Ich als ein Gott der Wahrheit und Wahrhaftigkeit in deinem Herzen wohne? Ich tue es im unablässigen Bemühen, dich in den Status derer zu erheben, die wissen, dass sie *sind* und dass ihr Daseins

Kontinuität und Kostbarkeit, Pracht und Zirkulation direkt mit Mir und Meinem Herzblut immerzu verbunden sind im geisterfüllten All-Ertragen.

In dieser Hinsicht darf es weder Zweifel noch verzwickte Pannen geben. Kappst du die Leitung, führe Ich dir sogleich eine andre, unverletzlichere ein, damit du an dir selber nicht verblutest, trostlos ins Abseits von Mir geschoben. Im Grund genommen jedoch sollst du nimmer Mir zum Notfall werden, der mit Kniffs und Tricks nur überlebt, derweil sie auf ihn angewendet werden. Dein Lebendigsein soll sich in freiem Über-dich-Verfügen regelrecht vollziehn und soll in freudigem Erwarten und Erfüllen enden.

Bis zum letzten Treppenaufsatz will Ich dich begleiten in Mein Reich der Bodenständigkeit in Sachen Selbst-bewusstsein, Seinsgefühl und virtuosem Dich-in-Mir-Erfahren. Alle Weltbegriffe sind wie eh und je in eins verflochten und bedingen und befruchten sich in wunderbar gesättigter Manier. „Ohne Mich kannst du nicht sein", ist eine gängige Parole, ohne dich jedoch ist Meine Gegenwart im All der Welten auf dem Erdplaneten nimmer zu vollziehn.

Die Wesen alle sind in Meinem Glanz und Meiner Obhut bestens aufgehoben und können es erfühlen, wenn sie nur die Gnade haben, sich Mir zuzuwenden in der Kratte voller Seelennöte sowie hausgefertigten Behinderungen, die sie mit sich schleppen voller Qual. Sie von ihrem Unheil zu erlösen Bin Ich immer da und lasse Mich vom gegenwärtigen Klamauk und Kriegsgeschrei, Bibern, Fiebern, Fantasieren und Verlieren nicht beirren in der Souveränität, die Mir im wunderbaren Seinsgefühl beschieden.

6.10

Ohne Mich kann in der Universenwelt nichts ordentliches und erhabenes geschehn. Meine Wände haben Ohren und kreieren Meinen Einwand dort, wo ungebührliches geschieht im Dickicht Meiner Gärten.

Ich verwandle Torheit in Entschiedenheit des Handelns am alltäglichen Geschehen wie an dem Affront, den die Meister der Verlogenheit an Mir begehen wollen. Das ergibt dann einen schönen Aufruhr und ein Waffenstrecken vor der Evidenz der Wahrheit, die Ich offensichtlich auf dem Tisch des Hauses präsentiere.

Noch manche kluge Volte habe Ich zu schlagen, bis der letzte Winkel reingefegt vom Unrat ist und von kritzekratzigem Betragen. Mein Fach ist es die Lebensfelder in den Zustand reiner Gottgefälligkeit, Anständigkeit, Wahrhaftigkeit und Schönheit zu versetzen, die auf Meine liebevolle Aussaat warten. Das wird dann ein Freudenfest ergeben, wenn die pralle Frucht geerntet ist und sich das Gemeng der Bauernbeine leichterdings zum Tanz erhebt.

Ich vermeide jeden Affront, der Mich in Verlegenheit und Rage bringen könnte, um Meine Kräfte schonend zu dosieren, wenn diese auch immens sind verglichen mit den deinen. Was Mir ins kontraproduktive zu entgleiten droht, versehe Ich mit einem Siegel, damit Mir jede weitere, noch so geringe Regung, sichtbar wird im Handumdrehn. Daraus resultiert Vertrauen in die Entourage, die Ich mit überragendem Geschick und Kräftewallen, konsequent und bravourös geschaffen habe. Das mag sich wie ein Märchen ins Vernehmen setzen, ist jedoch für Mich der Alltag Meiner burschikosen und bedeutungsvollen Aktionen.

Meine Mimik ist dafür bekannt, dass Ich mit ihrer Hilfe namenlosen Schrecken wie auch immenses Zartgefühl verbreiten kann. Das kommt Mir wie allen ungemein zugute, denen Ich von früh bis spät Erziehung angedeihen lassen muss im Vollzug der Reglemente, Elemente, Pflichten und Befugnisse, die *Ich* Mir zur Erfüllung zugehalten habe.

Dem Gehorchen folgt die Tat und Meinem Horchen wiederum gesellt sich das Gewahren der enormen Wirkung zu, die Ich veranlasst und zum gloriosen Ende, Ebenmass und Hauptwerk hochgezüchtet habe.

6.11

Vier Uhr früh, das ist die Zeit der heiligmachenden Begriffe. Entschiedenheiten in deines Lebens Kunst und Knüll, Kultus und Parfümerie. Der Wendepunkt der langen Messer ist schon längst vorüber und bald lässt die Dämmerung die Rehlein an den Waldrand trippeln, um ihr äsendes Bewusstsein zu befrieden. So kommt das Kommende dem schon Vergangenen in aller Ruhe seelenvoll entgegen und befriedet, was erregt und aufgebracht, hingerissen und entzündet war.

Meiner treu, wie kannst du hoffen, dass noch alles gut wird, derweil so vieles seinen Eigenwert verspielt und manche Tasche leer wird, die noch eben prall gefüllt mit Köstlichkeiten war. Es ist das Frührot das den Namen Tag verkündet, die Zuversicht die das Gemüt beseelt und antreibt zu bewussten, zartgefühlten Liebestaten. Dein wahres Sein kann locker als der Inbegriff des Schönen, Guten, und Erhabenen bezeichnet werden und sein Nimbus spornt dich dazu an, dich voll Eifer und Entschiedenheit in dieser gottgefälligen und sakrosankten Richtung zu bewegen.

Ich kündige dir an, was tunlich ist und was im Tun den vielersehnten Segen bringt in deine gute Stube, wie in den Ablass, den Ich dir in dieser Hinsicht noch so gern gewähre. Du wirst in allem Ernst zu einem Beispiel des beschaulichen Darüberstehns, sowie zu einer Kraft der Güte und Gerechtigkeit am Weltenleben. In dein Ressort fallen künftig immer delikatere Geschäfte, denen man es ansieht, dass sie von den Geistesregionen zu dir niederströmen, um dem Ganzen den begehrten Halt und die verehrte Liebenswürdigkeit und Tatkraft zu verleihen.

Ich wende Mich dir zu, sowie du die von Mir begehrte Wendung hast vollzogen und in Meinem Namen das vollziehst, was du vordem auf deinen eignen hast geladen. Meine Mücken sind nicht Macken wie die deinen und Mein edelstes Geschäft ist das der schöpferischen Hymne an das Leben, derweil das deine die Begierde schafft nach mehr und mehr.

Ich traue dir das Heldenhafte zu und bringe dir gewaltiges entgegen, um das zu wirken, was du tun sollst, damit du dich aufs Köstlichste, Wahrhaftige und Liebevollste am gottgewollten Sein erbauen magst.

6.12

Kleinreden ist an sich nicht schwer, jedoch Bedeutendem in Wort und Tat die Stange halten sehr. Du beginnst wohl an den Storch zu glauben, wenn du meinst mit ein paar guten Worten eine Welt zum Guten und Gerechten hinzuführen. Da halte Ich dafür, dass du Mir das Zepter überlässest, um in Red und Antwort vor dem Allerhöchsten würdig zu bestehn.

Meine These lautet: kurz und bündig hat noch alleweil gezogen in der Flut der mustergültigen Beteuerungen, die da durch den Äther schwirren, um den guten Leuten die

Hölle heiss und den Himmel angenehm beschattet zu verkaufen. Da pflege Ich Mich in der Regel fein säuberlich herauszuhalten, damit Ich nicht an einem Unwort aufgehängt und abgeschrieben werde. Da haben wir uns doch einmal aufs Beste und Berückenste verstanden in der langgehnten Periode des konkreten Diskutierens und Zu-allen-Grenzgebieten-Gehns. Mit Vorteil hältst du dich zurück, wo du im Grund genommen nicht mehr weiter weisst und beginnst erst da das grosse Wort zu führen, wo du überzeugt bist etwas ungeheures zu bewirken im prall gefüllten Delegiertensaal. Die Rednergabe kann ein wahrer Segen sein in dem Moment, wo`s wirklich darum geht, sich in einer grandiosen Sache für und wider zu entscheiden. Da muss jedes Wörtlein spitzig oder dumpf, gewichtig oder federleicht ins Schwarze treffen, um das zu bewirken, was *du* willst und nicht die anderen.

Das Sekundäre, lang gefiel es Mir, doch nun kommt nur noch erstklassiertes und verbindliches, bestbezahltes und bejubeltes in Frage. Die Fetzen müssen fliegen und das Ehrenkomitee muss von der Blechmusik betrillert und bekaukelt werden. Mir gelingt auf Anhieb, was so vielen selbst mit grösster Mühe nicht gelingen kann und Mein Renommee vergrössert sich vor aller Welt im Nu. Ist das Berühmtsein erst einmal in Schwung gekommen, hört es nimmer auf, bis ein unscheinbarer Fehltritt ihm mit einem Male den Garaus macht heftig und auf nimmerwiedersehn. Doch Ich lächle und enthalte Mich der Klage, weil Ich nur ein weniges zu warten brauche, bis Ich wieder auf den Fürstenthron und aufs Tablett gebracht und hochgejubelt werde. Dir besonders wünsch Ich diesen Jubel an und führe dich von Tritt zu Tritt ins wohlgelungene Entzücken.

6.13

Pardon, Ich habe bei dir angeklopft und du hast Mir nicht aufgetan an deines Herzens Türe. Ich bemühe Mich um deine Wohlfahrt und dein Weiterkommen und dir scheint`s egal zu sein in deiner ichbezogenen Kombüse. So mir nichts dir nichts lass Ich dich nicht weiterziehen auf den Kieseln deiner Hoffart, Willkür sowie deines resoluten Selbstgenügens. Evolution und Vortrieb gilt für alle, die da *sind*, sei es in seichten oder wogenden Gewässern. Es steht allein in Meiner Macht das Seinsgeborene dem Untergang und dem Verderben preiszugeben, oder es zu dem hinaufzuführen, was nach Meinem Sinn und Geist geschehen soll im Wettlauf der Äonen.

Du magst dich noch so niedlich, kleinlich unscheinbar und wertlos sehn, Ich weiss um deine wahren Qualitäten als in Meines Seinsgewissens Purpur und Prägnanz, Maienkranz, Mutwillen und Magie. Es sind die Meinen, wenn du's recht erkennen und beschauen magst in lichten Augenblicken und geruhsam zugebrachten Stunden auf dem Pfad zu deiner Heiligkeit und deinem Herzenswohl. Wie immer du dich nimmst, Ich habe dich von allem Anfang an zuinnerst wahrgenommen um dir Mein Sosein wie Mein Allgedeihen wunderbarerweis zu offenbaren. Das heisst, Mein Segensstrahl verströmt sich über deinem Haupt wie über Myriaden Häuptern, die in Meiner gastlichen und feingefühlten Obhut stehn. Das macht den Lebenssaft und -sinn so süss, dass du ihn nimmer missen möchtest, wenn du nur um ein weniges genippt hast und gekippt am Glas, das Ich dir liebevoll, gutmütig und verschwenderisch gereicht und dargebracht aus Meiner Fülle habe. Das Ordentliche trifft dich unfehlbar aus Meiner Ordnungen Gedeihen und die Wohlfahrt Gottes folgt dir schrittweis Zug um Zug. Das ist nun das Fazit dessen, was Ich allweit, strikte und entschieden will in Meines Universums Fabelhaftigkeit und Funktion, Lieblichkeit und Zartheit des Sich-selbst-Erfühlens in elysischer Gewandtheit, Seinsgerechtigkeit und wonnevoller Remedur.

6.14

Potztausend wie abgeklärt und sinnreich, weltmännisch und manierlich du daherkommst im Bewusstsein deiner überragenden Bedeutung vor dem Herrn der Welten. Die Niederen sowie die Avancierten pflegen dir zum vornherein aufs Untertänigste und Keckste zu hofieren, um der Ehrung Willen die dir jederzeit gebührt. Mit geschwelltem Kamm marschierst du durch die Türen deiner untergebenen und seinsdevoten Schar der Kommis und Kommissen deiner Wahl.

Nicht erstaunlich ist, dass sie dir scheinbar gleich aufs Wort gehorchen, das du ihnen vors Gewissen und Gehorsamsein drapierst. Sie wissen sich nach altem Schrot und Korn aufs Tunlichste und Feinste zu benehmen, ohne zu bemerken, wie lächerlich ihr Auftritt dem erscheint, der alle Etikette hinter sich gelassen und gewohnt ist unbekümmert, lebenslustig und frisch-fröhlich durch die Lebewelt zu tänzeln.

Was auf dir lastete hast du mit elegantem Schwung weit weg geworfen und benimmst dich nun wie ein vom Sklaventum Befreiter in der Wohlfahrt deiner Lebens-episoden. Deine Tage strömen in Gelassenheit und Gotteswürde wie ein breiter Strom dahin und lassen sich von keinem, noch so penetranten Vorfall ernstlich aus der Fassung bringen. Was da bei dir abläuft, ist schon nah bei dem, was Ich schon immer intendiert und propagiert, vorgelebt und Meinem Volke eingetrichtert habe. Wer es in sich aufnahm, wahr und innig, war im Nu saniert und durfte frei und selig vor sich selbst erscheinen.

So geht es denn darum, den Vorteil zu erkennen und erfahren, der darin liegt, dass einer sich dazu ermannt, sich selbst am besten zu bedienen, indem er sich zu Meinem Diener stilisiert und damit das von Mir empfängt, was ihm zum Heil gereicht und zur Erbauung seiner Wesenswelt von Tag zu Freudentragen.

Alles was genehm ist, muss zuerst errungen werden und was errungen ist, braucht Meine Unterstützung, damit es nicht verweltlicht wird und jämmerlich verwelkt nach so und soviel Jahren. Gutsein geht mit Meinem Einfluss Hand in Hand einher und muss gepflegt und regelrecht Instand gehalten werden. Dann gleicht dein Dasein einem Fest auf fester Spur nach deinem unermessen Seinsverlangen.

7

Abstrakt allein kann nicht genügen

7.1

Abstrakt allein kann nicht genügen, um den Weltgang und den ganzen Firlefanz angemessen zu beschreiben. Ins Konkrete muss die Schau gezogen werden, knallrotes Blut muss fliessen, Speichellecker müssen ihren Saft wahrhaftig auf der Zunge spüren und die gelbe Kückchenbrut muss, kaum dass sie geboren, schon um Futter gackern gehn.

Spielst du Roulette schmilzt dein leidenschaftlich durch die Chips ersetztes Geld wie weiche Butter alsogleich dahin und lässt dich blöde werden vor verlangen, wenigstens den letzten Sou noch Heil nach Haus zu tragen. Deine Wirklichkeit ist mit den Händen greifbar, mit den Nasenlöchern ruchbar und beduftet worden, dein Gehör trägt vom Zu-Nahen Trommelrisse im subtilen Fell davon. Immer öfters musst du vor der Schlechtigkeit der Welten dich verbeugen, weil die gängigen Begriffe deinen Magen penetrant beschweren.

Spiritualismus schiebt sich in den Realismus messer-scharf hinein und legt ihn bloss so wie des Metzgers Beil und Messer bis zum Knochen alles blosslegt, was ihm in die die kernigen, mit Blut bespritzten Griffe gerät.

Endlich ist der Drang nach Sichtbarkeit so weit gediehen, dass du dir himmelslichtes vor die Seelenaugen zaubern kannst und dein Fühlen sich mit Myriaden anderen vermischt im kosmischen Bewusstsein, das dir un-vermittelt eigen. Dann brauchst du nicht mehr auf die Schenkel schlagen, deine Wesenskräfte strömen körper-frei dahin wie laue Frühlingswinde und der Äther, den das Sonnenlicht aus sich heraus gebiert. Von keinen Wänden mehr beengt kannst du mit dem Rausch und Tausch der Ohren, weil sie nimmer für dich nötig sind, alles erfahren was dir Not tut, als von Mir gegeben und mit voller Kraft voraus zu deinem Heil geführt. Deine letzte Station ist schon im Hier das Dort geworden, das sich vor dir offenbart als wunderbar gediegenes, gediehenes und liebenswürdiges Dekret der Hoffnung und Erfüllung in den Weiten reinen Seins, die dir von Mir und Meinem Anhang auf das Köstlichste, Beglückendste, Natürlichste und Wonnevollste in der Tat und Lauterkeit des zirkulanten Herzenswohls beschieden.

7.2

Früher hätte Ich Napoleon mit seiner Entourage und seinem Seinsgeschick minutiös beschreiben können, heute will Ich es mit der Nuance der Unsterblichkeit des Individuums tun in grandiosem Zügen, Mir und Meinem Hofrat stilgerecht erlesen.

Erhebt sich einer wie der Phönix aus der Asche an den eignen Haaren, kann Ich ihm dazu nur Meine Gratulation entbieten. Setzt er sich gar die Kaiserkrone mit frivolem Übermut in eigener Regie aufs Häuptchen, ist es recht und gut in Meinem Sinne, dass er alles das, was er sich zugemutet, zugeschaufelt und erzwungen hat verlieren muss in einem Schicksalsumschwung von des Weltengottes Mass und übermächtigem Befehlen.

Was es immer hiess und heisst ist: jedermann soll seinen Duktus und sein Selbsterkennen von dem eignen auf Mich legen und damit im Minikrimen eine Grosstat, Weltgravur und Mustergültigkeit vollbringen, die noch allem, was da *ist* und war, die Stirne bietet, Meiner zu.

Intelligent will jeder sein, der etwas auf sich hält und sich in hochgestellten Rängen der All-Menschlichkeit in seinem Medium und Milieu bewegt. Was er dabei vergisst sind seine kosmischen Belange und Berührungen, die ihn in weiterführender Sequenz, Pulsation und Radikalität als Mich aus sich hervorgehn lassen im Triumphe über alles mindere, was er sich bisher war. Sein

Trotz ist einem Tross von überirdischer Gelungenheit gewichen und sein Schnappen ist fortan in Mich und Meinen Kiel geschnappt, auf den sich bauen lässt, was immer hin und her geschehen soll in weltumspannenden und Klartext propagierenden aufs äusserste gewieften Zügen.

So ist, was dir in plötzlicher Erleuchtung vor die Sinne tritt, ein überwältigender Hauch vom Süden Meines Sonneseins wie Meines allumfassenden Mir-selbst-Gebietens. Auch du Bist in das Eine eingefügt und eingeschlossen, das Ich Bin und darfst dich rühmen Mich zu sein mit allen deinen Fabelhaftigkeiten, Tremolos und sektiererischen Funktionen.

So wie es für Mich gang und gäbe ist zu glänzen, glänzest du fortan am Liebeshimmel Meiner sterndurchkreisten Nächte als ein Bild der Sanftmut und des wonnevollen Siegens.

7.3

Der Nachruf Meiner Wesensglieder spielt sich im Verborgenen und Numinosen ab, von dem gesagt wird, dass es Licht vom Lichte ist und kräftigendes Elixier von kosmischem Begaben. Ich stelle dar was niemand sonst in eigener Regie vor sich und sein Bewusstsein stellen kann im äonenlangen Zugriff und Entsagen.

Meine Hochheit ist von überirdischem Gesang begleitet, und Meinem gütestrahlenden Gemüt entwindet sich die Weisheit, die die auserlesensten Geschöpfe für ihr Weiterkommen dringend brauchen.

Mich kann man niemals auf die leichte Schulter nehmen, weil unendliches Gewicht hat was Ich sage und was dem Weltbau zugehört, den Ich in nimmermüdem Aufwall und Momentum fabelhaft vollzieh. Ich lasse sagenhaftes, seidenweiches und besänftigendes zartgestimmt in die Gemüter derer fliessen, die von Meiner Sinnkraft, Meinen Aufbruch und Gedeihen was verstehn. Mein Wort gilt ohne jede Abdrift über Generationen und bedeutet, was Ich an Substanz und Fülle, Fabelhaftigkeit und Vor- und Nachzug intus habe. Kunstvoll arrangiere Ich, was zu immer neuen Höhepunkten und Beseligungen, Sternstunden und Ergriffenheiten führt in den von Mir beglückten und verzauberten Gemütern. Das geschieht in universenweiter lauterer Gesinnung und Gewähr, die Ich dem geschaffenen und mit dem Wohllaut reiner Freude ausgestatteten schon immer zugehalten habe.

Du brauchst nur zu begreifen und ergreifen was da offensichtlich strahlend von dir liegt und schon Bist du ein seinsgebornes Wesen, dem nichts abgeht und dem alles zur Verwendung zusteht in den Jahren seines Aufblühns und Sich-selbst-Verwirklichens in Mir. Vom anno dazumal bis in die fernste Zukunft halt Ich dich mit Meiner Nonchalance und Tüchtigkeit, Beharrlichkeit und Wohlfahrt liebevoll umfangen und ruhe nicht bis du, von Mir geführt, von selber so verfährst wie alle Seinserleuchteten in sagenhafter Minne und Vollendung ebenso verfahren.

7.4

Unverzüglich stellt sich bei dir ein, was Ich für dich und deine segenvolle Entourage ersonnen und verwirklicht habe. Du siehst dich im Bewusst-Sein in das Geistesall erhoben und gewahrst dich darin als das Medium von Meinem überragenden Gestalten in gottseliger Bravour.

Du *weisst*, was du schon lange wissen wolltest, über Mich und damit dich im selben langgedehnten Atemzuge und vergissest es nie wieder in der Dominanz von Meinem gütevollen und erhabenen Gebaren.

In diesem Kontext gibt es kein Zuwiderhandeln mehr in deinen vielverschlungen Gedanken- und Gewöhnungswegen. Du hast dich eingespurt in das Gericht wie in die Richtung Meines übersinnlichen Gehabens und lenkst von dort aus das, wonach du trachtest auf dem Erdenplan. Das Sinnliche ist somit untertänigst an das Wesen der Unendlichkeit geschlossen und sieht sich wie in einem Auferstehn zu wahrem Glück und inniger Beseligung begriffen. Die Lebensdinge haben sich dezent und resolut verändert Meinem Universensein entgegen.

Ich dulde keine Widerrede aus der Ecke wo noch Ungewissen, Ungehorsam und Unwille dominieren. Ich kläre auf, wo künftig Klarheit herrschen soll in Sachen Seinsbewusstheit, Weltverständnis und ereignisvollen Traditionen. Meine Dinge pflegen alleweil im Überschwang der Myriadenzahl und -Zählung abzulaufen, um die Sicherheit im Nachwuchs wie in der Beständigkeit zu garantieren. Das nenne Ich „ins Detail gehn, wie in die weise Maskerade, die Mir gar sehr am Herzen liegt als stummes Himmelszeichen". Der Zeitbegriff mag sich verwandeln, Ich aber wandle Meine Absicht nicht, das Leben immer weiter zu erheben, zu einer Glorie von unendlichem Format, sowie zu einem Wohlstand, der sich misst an der Erhabenheit von *Meinem* Schrot und Korn wie Meinem wonnevollen Seinsbehagen.

7.5

Fortan kannst du dir ein ganzes Lebenswerk zusammenbrauen, wenn es Meinem Standard, Meiner Machart und Regie entspricht im Universenmorgengrauen und Betrieb. Begreiflich ist, dass Ich all das mit wachem Sinn und aufmerksamem Mitgefühl betrachte, seiner Seinsbedeutung, seines Wertes wie auch seiner Wohlfahrt wegen.

Kannst du ermessen, wie erfreut Ich Bin darüber, wenn du in deinem Brauchtum, deiner Sinnkraft und Beweglichkeit in allem Anstand reüssierst und glänzest wie ein Fisch im klaren Flüsschen, wie ein scharrend Rebhuhn im vergitterten Gehege.

Was du immer glaubst, erfasst, verstanden und bedient zu haben, ist vor Meinen Antlitz wie ein Tröpfchen auf dem heissen Stein und verpufft eh es so recht zum Zug gekommen ist im Etwas-Gelten. Deine Leistung muss enorm sein, Meiner Forderung entgegen, eh sie von Mir gebührend estimiert und akzeptiert wird, womit sich dann dein Seelenheil ergibt und deine Ruh in tiefen Herzensgründen. Klammheimlich schleichst du dich bei Mir und Meinem Anhang ein und auf einmal Bist du jemand rechtes vor und hinter Mir im Geistessinne, den Ich so entschieden und behutsam propagiere.

Manches Fell ist dir trotz aller Vorsicht ohne weiteres davongeschwommen; Ich aber hab es aufgefangen und an Meinem Sonnengelb getrocknet, bis es wieder einsatzfähig und entschieden brauchbar war. So ist aus Meinem Fürstenzelt schon Zug um Zug manch glückbereitendes Geschehn und Heil hervorgegangen, das auch dich betraf in ganz persönlichem Dich-liebevoll-Umwinden. Was immer Ich für dich empfinde ist von Muttersorglichkeit und Tradition im Dafürsein wesenhaft durchdrungen und befähigt dich, solvent und brauchbar, besenrein und buschikos zu sein im Chor der Seinsgefangenen sowie in dem der Seinserlösten, sinnend und singend vor Mir her.

Querulanten lass Ich ohne weiteres im Regen stehn, Engagierte dienen Mir hingegen als Beweise für die Qualität von Meinem Ratschlag und Begehren, Meinem Sinnspruch über jeglichem Malheur. Das war immer so und immer gut und besser im Gewoge Meiner Seinswahrhaftigkeit und Herzensgüte im Unendlichen.

7.6

Das gemeinsam Erbrachte stülpt sich dem Gemeinsamen über und veredelt es aus guten Gründen die da sind: Dienst am Nächstem, Wohlfahrt und Gerechtigkeit am Sein, das alle miteinander in die Zukunft tragen. Kannst du rechnen rechne einmal aus wie viel gespart wird, wenn alle an demselben Stricke ziehn, statt ihre Kräfte entropisch zu verzetteln und sinnlos aufzuhetzen, eine gegen alle, alle gegen eine.

Ich fülle nur die Kelche, die wohlgeordnet in der Reihe stehn und kippe jene um, die sich wie Fliegenpilze und Schmarotzer in den Wald ergiessen. Bei Mir hat der das Nachsehn, der sich auf eigne Faust ins Fäustchen lachen will, ohne zu bedenken, dass alle mit demselben Recht begabt sind, Menschlichkeit und Zuversicht, Gravität, Lebenswonne und Glückseligkeit zu generieren.

Willst du gewinnen, so wimme wie vom Weinstock, was Ich dir ins Herzblut sage. Nicht den Zufall lass gewinnen, sondern seriöse Arbeit an dir selbst in Sachen Munterkeit am Sein und Mitleid mit dem Andersgläubigen, der wohl mit der eigenen Methode an dasselbe Ziel gelangt von Meinen überaus und überall geschätzten Gnaden. Bist du vif, so kann Ich dich getrost und zuverlässig zu noch viel bedeutenderer Vifheit stilisieren. Da gibt's noch manches zu erforschen und berichtigen, forsch zu zügeln und voll Güte in die Freiheit zu entlassen. Mir kann es nur recht sein, wenn du dich auf das besinnst, was deinen Wert erhöht und was deine Gläubigkeit harmonisiert, statt sie blindlings auf die Spitze zu treiben. Bei Mir gibt es so etwas wie ein Kartell der Wohlverständigen, die nicht die Absicht haben auszubüxen, sondern Mir in Treue und Entschiedenheit auf Schritt und Tritt zu folgen. Sie sind dazu berufen, von Mir mit Weisheit und Vernunft, überragendem Bewusstsein wie vom Universensein begabt zu werden. Meine Latten liegen hoch, doch wenn du sie erreichst, sind dir enormer Wohlverstand und volle Schalen, Ausbeute und vollendete Glückseligkeit und Seinssensibilität zu eigen.

7.7

Was Achtung gebiert hat immer Vorrang vor dem was aufwallend und zerstörerisch wirkt in den Gemarkungen des Lebens und Sich-an-ihm-Erbauens, persönlich eingefärbt und tatenfroh. Mehr als die Hälfte aller sind aufs Schwerste darauf angewiesen, dass Ich ihnen helfe ihren Part mit Anstand und Gewissenhaftigkeit, rührender Bereitschaft, Nonchalance und Menschenwürde zu bestehn.

So lang wie breit kann es ganz besonders dir nicht sein, was sich wie zuträgt in des weltentummels Chaos wie gediegener Perfektion. Poetische Gedanken und herzinniger Elan sind unbedingt vonnöten, um das Weltenrad auf Trab zu halten und den multiplexen Gängen durch die Wirrnisse der Zeit Anstand, Seinsgewissen, Mustergültigkeit und Daseinsblüte beizubringen.

Ich schätze es wie nichts, wenn du dich denen zugesellst, die wissend fabelhaftes und bewundernswertes an den Tag wie in die finstern Nächte legen. Sie bereichern statt zu stehlen und beruhigen statt Aufruhr und Verlegenheit zu generieren. Das entspricht genau der Seinsdevise, die Ich schon seit langem einzuhalten und genüsslich zu verbreiten pflege. Es geht Mir nicht um manches oder vieles, sondern allbereits um alles, was da *ist* am Baum des Seins gediehen.

Ich werfe auf und vieles geht im Ansatz schon verloren, in den es plump und ohne Nachhall niederfällt, um endlich gänzlich zu versiegen. Was aber hängen bleibt in Meinen hocherhabnen Regionen, bringt enorme Frucht und Fertigkeit, Fertibilität und Fabelhaftigkeit hervor von keinem je zu zählen.

Weide dich am Sein will Ich in allem Anstand propagieren und dabei verschmitzten Lächelns auf die Pfanne hauen, dass es nur so schäppert und die Blinden sehend werden und die Lahmen glücklich ihres Weges fürbass gehn. Das heisse Ich gedeihen an dir selbst, wie am geheimnisvollen Wegkreuz, das Ich dir an jeder Biegung und Verzweigung gütigst vor die nasse Nase halte, um sie reinzuwaschen mit dem Segen Meiner Huld und Güte, Generosität und Machbarkeit in einem. Wende dich Mir zu ist noch zu sagen, dann verstumme Ich ins Seelenschweigen, um dir ein beredtes Beispiel intuitiver Wachsamkeit, Erhabenheit und Daseinswonne zu entbieten.

7.8

Ich nehme das Motiv des Gottesgartens wieder auf, in dem wir alle *sind* und leben. Rohstoff für gesunde Seelennahrung bietet er und führt uns damit in die Wirklichkeit des Seins und seine preisgekrönten Episoden. Jeder Marschhalt bringt Mich ins Erstaunen über das, was Ich äonenläufig schon vollbracht und abgeschlossen habe. Das ruft nach mehr und mehr, an Munterkeit und Macht, Gewissheit über Mich und Meine Raritäten, wie Vertrauen in das Göttermetier, das Ich Mir freilich zugeeignet habe. Ich Bin für Harmonie und Frieden, aber auch für Fortschritt an der langen Leine, an der Ich Mich schon immer wohlgefühlt und sicher vorgeführt empfunden habe. Wie kannst du da noch zweifeln an dir selbst, wo Ich Mich in dir eingenistet, einquartiert und bestens eingerichtet habe. Somit stehe Ich in dir auf beiden Füssen hier und bringe dir von dort die Kunde der Erhabenheit in den sottilen Himmeln des gerechten Handelns an der Welt und ihren kreativen Sinergien.

Im Westen gibt's viel Neues, was der Osten vorgekaut und als genüsslich und vertraulich hoch geschätzt und angepriesen hat in seinem Seinsgemurmel über Generationen hin. Nun gilt es, Meines Seins feinsinnige Gebärde alledem hinzuzufügen, was bereits geworden ist aus Myriaden Iterationen, Segensflüssen und Verwirklichungen Meinem Göttersinn gemäss.

Auch dir wird es nicht schaden, etwas mehr auf das zu achten, was Ich Bin in dir und deinem Flügelflattern wie die Fledermäuse in den tückischen Gespinsten hin und wider. Da wischt Mein Besen hoch hinauf und tief hinunter, um der Reinheit willen, die in Meinem Fürstentum gepflegt wird mit Bedacht und gutem Willen. Das will dir bedeuten, dass immer Ich den Vorrang wie das letzte Wort im Schilde führe und du mit Vorteil dich dazu bequemst es mit Mir in jeder Hinsicht gleichzuhalten auf der Ebene des Seins, die wir uns miteinander teilen.

Die Gewinste Meinerseits sind somit auch die deinen und das Klingeln in den Geisteskassen soll genauso lieblich in die Meinen, wie in deine Öhrchen sich ergiessen.

Die Seinsgeborenen erfahren sich in Kürze als das Nonplusultra allen Lebens in der Wonne, Wirklichkeit und Wachheit, Seelenseligkeit und Sanftmut ihrer Meditationen.

7.9

Ich lege zu, sowie du zu erkalten drohst in deinem starr gewordnen Weltsystem. Ein neuer Morgen grüsst von Mir zu dir hinüber und setzt dich verlässlich an den Horizont der Güte Meines Lichterstrahlens. Was du dabei erlebst ist Meines Seins gewaltiges Erleben; wovon du kaum zu träumen wagtest fährt nun vollends in dich ein, um deine Sehnsucht nach Gelassenheit und Harmonie, Unbeschwertheit und sottiler Sanftmut zu befriedigen.

Du missest und scheinst etwas zu vermissen in des Daseins Rumpelkammer, Knast und wohlverschlossenem Verlies. Das ist des Freiseins götterlichte Attitüde, von dir Ich zählend dir erzähle, wirkungsvoll, hausbacken, laut und deutlich und ein wenig jovial. Mir genügt es nicht, dich über alles aufzuklären, was da hängig ist und gängig und erfinderisch. Auf dich gemünzt heisst das, dass Ich dich wesenhaft und willig bis zum Letzten austrainiere in den Sparten Willensstärke, Seinsvertrauen und bewusster Lebensführung als in Mir und Meinen wohlerwognen Affirmationen.

Kleinlich Bin Ich nicht, wenn es Mir darum geht gewissermassen mit der grossen Kelle anzurühren im Gebiet der wachsenden Begeisterung am Sein und Leben, Wesentliches und von Mir gesegnetes zu unternehmen und dabei für alles noch die Konsequenzen und Klamauke zu ertragen. Kann es Mir dabei noch wohl sein in der dünnen Haut und Herkunft, die Ich neuerdings für Mich ermittelt habe? Eindeutig sag Ich: ja, derweil aus Meinem Seinsgehaben Grösse spricht, bewusste Wachheit und Natürlichkeit in corpore.

Ich weiss um abervieles, was du noch nicht einmal beim Zipfel oder Zapfen angefasst und ausgekostet hast in deiner Lethargie, Legasthenie und Lässigkeit, so wie die Tagediebe es im allgemeinen treiben. Das muss sich bessern unter Meinem Schutz und himmelblauen Baldachin, die dich in aller Ehre und Manierlichkeit, Konzentration und Zuversicht zur tätigen Vollendung führen. Mir ist es einerlei, doch du gewinnst enorm an

Ansehn, Götterherrlichkeit und Lebenswonne unter Meinen vielbegehrten Meistergraden.

Längs der Bannmeile lauf Ich dir entgegen, deines Heiles wegen und um dir beizubringen, wie man sich gebührend durch die Geisteswirklichkeit, die Ich dir Bin, bewegt. Es kann dir nicht egal sein, was mit dir geschieht von Nacht zu Nacht, von Tag zu Tagen, derweil du deinem Schlummer frönst und Ich dich überkomme mit der simplen Frage: was hast du letztlich akkurat für Mich getan?

Wie mit spinnefeinen Fäden bist du nämlich stets mit Mir und Meiner Richtigkeit verbunden die besagt, dass dir nur noch das Allerbeste und Gediegenste gebührt im Hinblick auf dein lebenstüchtiges und -süchtiges Agieren. Die Früchte nämlich deines seinsmoralischen Verhaltens fallen Mir beständig in den Schoss und lassen die Allweiten süss und süffig oder bitter und blamabel werden.

Dankbar sollst du sein darüber, dass dein Weltsein so bestimmt auf Mich und Meine Qualitäten ausgerichtet und geharnischt ist, damit nichts böses und beschämendes, burschikoses und gar liederliches dich befalle im Trugschluss über das, was du dir Bist in deinem multiplexen Röhren. Du kannst dich selber nicht begreifen, kommt Mir das so vor, derweil Ich universenweit voll Tatkraft und Bewusstheit um Mich greife, um den Regelrechten und Verdienstlichen, den Weg, die Wahrheit und das Leben zu bereiten.

Du lebst im Dunkel und lässtest unbesorgt das Lichte und Erhabene an dir vorübergehn, derweil Ichs akkurat im gegenläufigen betreibe. So soll es auch für dich gebührlich und verständnisvoll, tragfähig und manierlich werden, im Zeitlichen wie im Unendlichen von Meinem allgeweihten Schlage. Da kann es weder brüskes, blödes noch verhängnisvolles geben. Nur des reinen Seins Rendite und Behutsamkeit, Entschiedenheit und Harmonie sind angemessene und adäquate Güter Meiner Zunft und Zünftigkeit im kraftvoll aufgemachten und agierenden Allhier. Nun ist es Zeit für dich und deine Müskelchen geworden, aktiv in den Weltplan einzugreifen und in ihm dein Glück und deine Niederkunft zu generieren.

7.10

Ich sende - und empfängnis feierst du, sowie du völlig unbefangen, deine Rolle spielt als Indikator dessen, was Ich dir behutsam und gekonnt besage. Meine Weisheit reicht von anno dazumal bis in das Künftigste, das du dir denken kannst, hinein und widerspricht sich nie, weil ihr unendliches zugrunde liegt in ihres Seins Gewissenhaftigkeit und sprossender Natur.

Wie Zauberkunst kommt es Mich an, was Ich im Weltenall mit absoluter Dignität und Geistesmacht betreibe. Ich finde Recht für Unrecht, Fortschritt für Verzagen und Entschiedenheit für jeden noch so zögerlichen Rückfall in die alten Regionen und Gewöhnlichkeiten. Sprichwörtlich ist, was Meine Gunst und Gottesgüte kunstvoll in die Wesenswelt verströmt, um sie bis auf weiteres, das heisst, noch bis in alle Ewigkeit am Sein und Leben zu erhalten.

Meiner Redlichkeit gemäss Bin Ich auf keinen Fall gewillt, auch nur das Geringste, Unbedeutendste und Kurioseste zu unterschlagen, mit der Absicht mehr zu sein als alles das, was Ich um Mich geschart und aufgetürmt im Geistraum konstatiere.

Meine Privilegien sind wortwörtlich und geziemend, seinsgerecht und unverzüglich auf die deinen und dein Anrecht über sie zu übertragen. Das wird verständlich, wenn du wissen wirst, wie sehr dein Wesens Zartheit und Verbindlichkeit dem Meinen gleicht im Seinsverfahren. Jede Silbe Meinerseits tönt silberhell in dein empfängliches Gemüt hinüber und befruchtet und bezirzt es ohnegleichen. Damit ist von Meiner Seite aus das Allernötigste getan, um dem Weltensein Bestand, Befriedung, Virtuosität, Wahrhaftigkeit und Schönheit zu verleihen. Meine Würde ist gewahrt und deine hast du erst noch zu erreichen in dezenter Arbeit an dir selbst, sowie im Akzeptieren dessen, was Ich dir voll Anmut, Resolutheit und Ideenreichtum an die grüne Seite lege. Seinsgewissheit hast du zu erringen und Wonnesein und wirkungsvolles Seinsvertrauen noch dazu.

7.11

Der Vater in dem Himmel, der Ich Bin, wünscht dir aus ganzer Seele Seinsgelassenheit, und immanenten Frieden. Dabei benimmst du dich vor Meinen Seheraugen stolz und prächtig wie ein rosenroter Pelikan. Dazu ist nicht viel mehr zu sagen als: mach denn nur weiter so bis dir die Knie knicken an den ellenlangen Beinen unter deinem Prachtsgefieder. Ich würdige was würdig ist für einen Meinungsumschwung Meinerseits zu seinem Defilee von klassischen Besonderheiten. Was du vorträgst trägt in sich die Meinung vieler, von dem was heute schick ist und was ach so bald verblasst in den berühmten Wandelgängen der Notablen und gewissenhaften Frühaufsteher im Quartier. Es ist die Gilde derer, die sich sonnen in den Blicken neidischer Passanten und Bewunderern der Kunst hoch anzugeben, derweil sie sich erniedrigt und beschämt vor Meinem alles überschauenden Gesichte präsentieren.

Hingegen geht von reiner Güte aus was Ich Mir Bin im Wohlklang Meiner Äusserungen und Befehle, der männiglich entzückt und der die Säumigen zur Eile antreibt in der Mitte Meines Mich-Verstrahlens. So und somit Bin Ich dazu fähig alles zu verändern und verbessern was in Meinem Sinnkreis sich bewegt und Mich gebührend anspricht über soviel vielversprechenden Kreationen.

Meine Meinung ist gefasst, wenn etwas schief geht gleich der Diva mit der Absicht aufzufallen in der Kunst kreuzüber übern Laufsteg zu stolzieren.

Zu Mir selbst verbitte Ich Bemerkungene wie: grässlich oder wohlgelungen, kunstvoll oder knauserig in Sachen Aufwand und Ertragen. Bei Mir kommt es nicht darauf an, wie es sich von aussen präsentiert, weil Mein Innesein allein von tätigem Belang ist in der Nabelschau, die Ich besonders häufig pflege. Auf Mich bezogen heisst: auch dich in Meinem In- und Umfeld sehn, um deine Gegenwart zu stärken und mit Geistrum zu betanken, götterlicht, persönlich und versöhnlich, in entzückendem und wonnevollen Seinsgehaben.

Kommunikation mit Mir und Meiner Geistesgegenwart ist mehr denn je vonnöten in der Zeit der Unrast, des verblassenden Bewusstseins von den übersinnlichen Gewalten wie vom Vertrauen ins Unendliche akkurat vor deines Wesens Flammentür. Wenn Ich so spreche kannst du sicher sein, dass Ich nicht von gestern Bin, sondern dass Ich in die Zukunft schaue deines Gegenwärtigseins vor Meinem väterlichen Angesichte in der weltenweiten Seinsstruktur.

Gerade hier gilt es, den Hebel anzusetzen in Bezug auf weiterführende Gedanken und Empfindungen, Seinsbegriffe und Gepflogenheiten in des Lebens Hochgebet und Profaneität, Versicherungen und blamablen Indiskretionen. In diesem Kontext fällt Mir ein, wie verletzlich die Gemüter sind, wenn sie Belehrung und Befruchtung, Ausgewogenheit und Sinnkraft akzeptieren sollten, die gelind, gutmütig und galant zu ihnen strömen. Das ist die Periode der Gelassenheit für sie in Sachen gütigem Verständnis für das Wesen Meiner Angelegenheiten und Begriffe, Kuriositäten und verbindlichen Manieren.

Ich beklage Mich niemals über deine unbeholfnen Schritte durch des Lebens so verwirrende Struktur und versuche lediglich, dich aus der Wirrsaal und Verstiegenheit hinauszubringen, in die du dich manöveriert und eingeschleust hast, ohne jegliches Bedenken. Du spazierst gemütlich vor dich hin auf dünnem Eis, in das du jederzeit mit einem Schreckensruf versinken kannst aus lauter Unbekümmertheit an dem, worum du einen weiten Bogen ziehen solltest aus Respekt vor beutegierigem Getier.

Was dir nottut ist Mein schützendes Gefieder über deinem ausgebüxten Sachverstand in eine Welt der Egoismen und verwunderlichen Bauchbarkeiten. Dabei kommt eines nur in Frage, nämlich Mich zu suchen und zu finden in den Weltenweiten wie in der so liebevoll vor dir verbreiteten intimen Nähe Meines Gotteswesens. Wo du wach Bist, Bin Ich immer da und wo du in Mein Dasein gleitest herrschen Ausgewogenheit, Glückseligkeit Bewusstheit, Harmonie und seelenvoller Frieden.

7.12

Prophylaktisch solltest du nichts unternehmen müssen, weil es den normalen Lauf der Funktionen stört und dich aus dem Takt bringt deiner Motivationen. Du Bist einem grandiosen Kreislauf angeschlossen, der das Universensein betrifft und der nicht zulässt, dass an ihm gerüttelt wird und experimentiert von Seiten der Banausen.

Hingegen lasse Ich Mich gern belehren von der Gilde derer, die sich mit Geduld und gutem Willen ein Wissen angeeignet haben von Weltbedeuten wie von überirdischer Gewähr.

Das heisst im Klartext: Ich habe, was du dir geworden Bist, von allem Anfang an aus dem Gedankenfeld ins Wirkliche erhoben und habe ihm den Drive und die Verklärung, dass Wesentliche wie das Unumgängliche verliehen, das ihm nun angehört für alle Ewigkeiten.

Von Meiner Warte aus gesehn gibt es nur *eines* überall das wirkt, gestaltet und verblüfft mit seiner Fähigkeit brandneues zu erfinden und dem Altgewohnten immer neue Haare, Häute, Augensterne und Gehirne zuzuhalten. So erfrischend ist es anzusehn, wie die neugebornen Kindchen sich mit ungeheurer Geschicklichkeit und Wohlfahrt ganz von selbst zu wehren und entfalten wissen. Dabei Bin *Ich* Es, das bis ins kleinste Detail hier wie überall dahinter steht, um es mit dem angemessnen Schwung wie mit der rechten Rasse zu begaben.

Ich trete lang und trete kurz genauso, wie es nötig ist ein Sachgebiet vernünftig und erfolgreich zu betreuen und in ihm fabelhafte Früchte und Erbauungen zu generieren. Diese Botschaft geht dann widiwitt vom Mund zu Myriaden Ohren und verbreitet ihren Wohlklang und ihr Resümee, ihren Hochgesang und ihr Befeuern weit hinaus in Meiner wesensweiten Glut. Mein Sinnspiel wird zur Präsentation vom Sein an sich in der Unendlichkeit der Himmelssphären wie im Geistraum, den Ich Mir in zäher Unerbittlichkeit und Schaffenskraft gebildet habe. Alles Weitere wird ebenfalls aus Mir und Meinem genialen Duktus kommen, der da heisst: Ich Bin und werde zugleich immer seinsgeschliffener, wahrhaftiger und ehrenvoller in den Kosmenweiten Meiner Seinspräsenz wie Meinem Alles-Überragen. Seligkeit

reiht sich an seliges Erwarten und Erfüllung an Erfüllt-
sein von der Wonne himmlischer Gerechtigkeit und
seinselysischem Gewinnen.

7.13

Zu dir gesagt: es war Mir ein Vergnügen Mich so und so
an alle die zu wenden, welche danach trachteten, Mich
von Grund auf zu begreifen und Mir danach durch dick
und dünn zu folgen, in der Seinsgeschichte, die Ich ihnen
Zug um Zug in wunderbarer Schlüssigkeit und Bonität,
Wirksamkeut und Willkraft offenbarte.

Was Mir im Grund genommen auf dem Herzen liegt ist
deine Innosenz im Hinblick auf das Wesen, das du Bist,
mit Fleisch und Blut, mit Leib und Seele und mit einem
Geist begabt von überirdischem Beginnen und Vollenden, Trachten und Umnachten und Schlussendlich-
doch-dem-Himmelslicht-Entgegengehn. „Der Geist ist
willig, doch das Fleisch ist schwach", gilt noch immer als
perfekte Mahnung Meinerseits, um dich dazu anzu-
spornen mehr zu leisten als du bisher tatest in Bezug auf
die Erkenntnis deines Seins im Wunderbaren. Was
immer Ich da propagiere tritt nicht über den Verstand in
deine Seele ein, sondern in direkter Sinnkraft und
Verklärung, mit dir Ich dich seit eh und je zu deinem
Vorteil, Fortschritt, deiner Wendigkeit und Virulenz
begabe.

Was machbar ist hab Ich noch längst nicht ausgeschöpft
in Meinem unerhört agilen Fantasieren. Derweil das
Nächste drankommt Bin Ich schon dabei das Über-
nächste zu ersinnen und in allen Ecken auszuspionieren,
bis Ich es in auserlesener Klarheit, Klarsicht und
Bewusstheit nach Strich und Faden inaugurieren und
schlussendlich zur Vollendung stilisieren kann.

Auf allen Meinen Wegen weht Mir der Wind der Hoffnung und Entschiedenheit entgegen, mit deren Hilfe Ich das Unbekannte wage und dem Lichten liebevoll entgegentrage. Mein Sinn geht dahin, Mein Ich Bin mit Absicht und auf jeden Fall zu stärken, bis es in der Seinsglückseligkeit und Grazie des Himmels unendliche Erfüllung findet.

7.14

Was läuft hier schief, wirst du erstaunt und interessiert die Menge fragen, die wie die Fliegen auf dem Butterbrot um einen Mittelpunkt im Park herumsteht, um die Ursach für den Auflauf zu erfahren. So macht die Neugier die Begierigen zu Toren, die zu nichts und allem in der Welt ihr Urteil fällen wollen, ohne dessen Gegenstand nur im Geringsten zu verstehn. Bist du selber nicht desgleichen, kann Ich dir dazu nur herzlich danke sagen.

Versuche sind zumeist auch der Versuchung ausgeliefert, in der Dosis eine Schnur zu überhauen, die bei Licht besehn nicht überschritten werden sollte. Das ist dann recht fatal, weil du damit im Grund genommen Kanonen anschaffst, um ein Rudel Spatzen abzuschiessen.

Spinnst du Flachs, so sollst du diesen tunlich von der Wolle unterscheiden, deren Kräuselungen und Verfilzungen für anderes geeignet sind als des Flachses Glätte, dessen Gespinste nur für Dekorationen dienlich sind.

An etwas neues sollst du dich erst wagen, wenn du dich darüber informiert hast, wie es sich verhält und so und so und sowieso ist zu gebrauchen. Genau so musst du es mit den von dir erwählten Menschen halten, die mit ihren Eigenheiten ganz bestimmten Zwecken bestens dienlich sind, für andere sollst du die Finger davon lassen.

An Arbeit und Erbauung wird es dir nie fehlen, die charakterbildend wirkt und das Vorhandene veredelt nach dem Sosein in der menschlichen Kultur. Das Sinnliche wird diminuiert und dem Geistigen wird mehr Gewicht verliehen aus der Einsicht, dass ihm als der Ursprung aller Dinge diese Achtung und Beachtung auch gebührt. Ihm muss das Wesentliche zugeschrieben werden, das die Welt erschafft, befördert und bewegt und ihr die rechte Rundung, Wachheit und Besonnenheit verleiht in Meines Reagierens und Regierens Folgerichtigkeit und Diktatur.

Niemand ist berechtigt, sich Meiner Leitung, Leuchtschrift, edlen Eleganz, Wahrhaftigkeit und Tugend zu entziehn. Wo Meine Sitten herrschen, herrscht der Herzensfriede und die Toleranz, die sich dem Leben mitteilt in den Nationen, Bruderschaften und Familienverbänden, Glück bereitend, Lebenswonne und gottselige Manieren.

7.15

Deine letzten Dinge werden wie die ersten sein und allen aufmerksamen Ohren die Legende von der Herrlichkeit des Himmels frei heraus erzählen. Auch du wirst bald einmal gehalten sein, den Gehalt von Meinen Reden besser zu begreifen und dir ein so gängiges und überwältigendes Weltbild zu kreieren, dass jedermann die helle Herzensfreude daran finden kann.

Ich stärke dich und deine Entourage mit allem was Ich Bin und was Ich immer bleiben werde als des Universenseins ereignisvolle Geistkultur von eigenem, allwürdigen Begreifen.

Ich prelle vor und trete dort zurück, wo es Mir angebracht und tunlich scheint, in Meiner Karriere des gottseligen und liebevollen Über-Mich-Befindens. Machtgefühle,

Perspektiven und vertrauensvolle Mythen spinnend schreite Ich konstant, gekonnt, erfolgreich und fidel voran und lasse Mich von keinem, noch so penetranten Einwand, auch nur im Leisesten beirren im Fortgang der Geschichte die Mir eigen.

Alles zimperliche, zaghafte und verheerende ist bei Mir und Meinem Selbstbewusstsein schon zum vornherein von jeder Wirkung ausgeschlossen und beschäftigt Meinen genialen Geist nicht mehr. Mein Sinnspruch lautet demnach so: Ich Bin befähigt, alles was Mir einfällt ohne weiteres mit Seinsbravour und Nonchalance, Berechtigung und unermesslicher Geduld zur Wirklichkeit und Wirksamkeit im Allraum zu aufzubringen und ihm den Segen zu erteilen, den es dringend braucht, um profitabel und beschwingt, tatenträchtig, wohlgefällig und charmant zu existieren.

Meinem Credo folgt die Tat und Meinen Taten gesellen sich ohn' Unterlass Erfolge zu von überirdischem Begreifen. Ohne Ende wird auch dein Verwundern sein darüber, was du in Mir Bist und dir erringen kannst in Meinen wonnevollen Höhenlagen.

Hast du einmal überlebt, muss es dir ein zweites Mal gelingen aus den Todesfängen zu entwischen und gesund und kregel wieder durch den hellen Maientag zu flanellieren. Neu begründet ist, was du schon immer wahrst, und deines Lebens silberhelle Lichtfontäne sprudelt frohgemut dem azurblauen Himmelszelt entgegen.

Wem Ich einen Liebesdienst erweisen will sind du und Ich zugleich, weil in der Einheit aller Wesen kein einziges bestehen kann, ohne dass das andre auch besteht, in der wonnevollen Vielfalt und Verbindlichkeit der Weltentage.

Schwirren deine Rädchen Mückenflügeln gleich im Lebensrhythmus der dir eigen, drehen sich die Meinen recht gemächlich durch die glitzernden Äonen ihres Seins und Licht- und Kraftverbreitens. Mein Manifest ist eine Saga der Empfindsamkeit und strahlenden Bewusstheit in des Daseins kosmisch aufgefächertem und geisterfüllten Stil. Was Ich von Mir weiss ist feingliedrig, unverletzlich auch für alle Ewigkeit in deines Wesens Wall und Wallkraft eingeschrieben.

Nichts geschieht in Meinen Universenweiten silberhellen, lichtdurchschossenen und seinsnatürlichen Zusammenhängen, ohne dass Ich wesenhaft und wirkungsvoll, vertraulich und markant daran beteiligt Bin, um es schlussends ins reine Licht der Wahrheit, wie der Seinsgerechtigkeit zu führen. Meine Wege sind seit aller Zeit als ein unendlich wonnevoller Wohlklang, Flötenton, sowie als langgedehnte Elegie Elysiens vor Meinen Göttersinn gelegt und weiten und vergleiten sich bis ins unendliche der Geistessphären.

Das hat für dich wie Mich genau dasselbe hochwillkommene Bedeuten und schafft Vertrauen in das, was alle Wesen sind: des Seins unendliche Gewieftheit, Wandlungsfähigkeit, Maturität und sinngeladene Glückseligkeit und Schwebeleichtigkeit im Wunderbaren.

7.16

Im besten Sinne heisst bei Mir: versehen mit dem Sinngehalt der himmelweiten Geistessphären. So siehst du was dir frommt und hast den Willen, mehr aus dem zu machen, was du Bist, doch scheitert dies zumeist an deinem Unvermögen dich ins rechte Licht zu setzen, alleweil vor Mir.

Befehl ist Befehl. Und deine Kräfte reichen oft gerade noch zum Rande Meines Wesens. Dann kann Ich dich von Grund aus weiterführen und belehren in der Kunst zu sein und dein Bewusstsein auszudehnen ins unendliche von Meiner Zartheit, Wachheit und bedeutungsvollen Weltregie.

Ist es zuviel von dir verlangt, wenn Ich betone, dass dein Hiersein Meinem unbedingt entspricht und dich zur Dankbarkeit verpflichtet Meiner Überschwänglichkeit entgegen.

In dem Einstieg in Mich darfst du ungeniert das Ewige erhoffen, das Meine Zelle ist, Mein Raum und Meine unermessne Weitsicht auf die Geisteswirklichkeiten.

Eternel sind sie und nimmer zu umgehn, weil alles, was da *ist*, ihr Lang- und Breitsein, ihre Willkür und Wahrhaftigkeit, ihren Sturm und Drang umfasst, in dem sie *sind* und sich bewegen. Traust du dir wirklich etwas zu, so kannst du ruhig Mir vertrauen, dem einzigartigen Magnat und Motivator allen Werdens und Verblassens. Meine Dienste an der Schwebeleichtigkeit des Seins und Lebens sind von einer Geistigkeit und Würde die besticht und die es von dir auf- wie einzurollen gilt in deinen Habitus wie deinen multikoronalen Sphären. Du wirst nie umhin kommen, was du Bist, einer meisterhaften Analyse und Entdeckungslust zu unterziehn, die dich befähigen weltmässig und erhaben aufzutreten, wo es immer gilt, trittsicher, virulent und hünenhaft zu sein.

7.17

Alles spricht für dich wie Mich in grossen wie grotesken Lettern auf der Front der Seinsgeschichte, die uns eigen. Wahrheit zu verbreiten, Quirligkeit und Unbekümmertheit im Wollen ist das Ziel, mit dem wir leben können und gedeihlich vorwärtsstürmen im Äonenmarathon. Nicht von Pappe ist, was Ich verkünde und Wonnesein verbreiten soll es liebevoll und tapfer um Mich her. Bei

Mir ist alles, was da *ist*, ein Forschungsobjekt von weltlichem wie übersinnlichem Befund und Seinsgehaben. Ich rechne damit, dass die vielen Proben und Probanden einst ein Resultat von weltumspannendem Bedeuten und Relieve ergeben. Kontinuität ist angesagt in Meiner Sparte, wie auch Meiner Warte der Gerechtigkeit an dem, was Ich Mir Bin, im Kreislauf der betörenden Unendlichkeiten. Das Minimale schliess Ich in Mich ein wie auch den Drang zum überwältigenden Alle-Welt-ins-Bockshorn-Jagen.

An dem was Ich so generiert und gutgeheissen habe, ist mitnichten noch zu rütteln oder nasenrümpferisch herumzustochern. Alles sitzt und steht dabei im Rufe der Vollkommenheit wie der bewundernswerten Strategie des namenlosen Heils wie der bewussten Heiligung, die Ich allüberall verbreite.

Denkst du an Mich, so wage nicht Kritik zu üben und dem, was Ich auf äonenlanger Fahrt und Feinheit, dicker wie hauchdünner Post sowie der Hilfe vieler Postulate ausgewalzt und glattgestrichen habe. Siebenfach gewunden ist Mein Vorgehn wie die Rücksicht auf die Zaudernden, die weniger als Ich am Stecken haben.

Du gerätst ins Wanken ob der eignen Lebensstrategie im Angesicht der Meinen, von der zu sagen ist, dass sie sich über alles Mass erhebt und keine Wünsche offen lässt in ihrem punktgenauen, mantrischen Gehaben. Gesetzt der Fall du *weisst*, so wirst du nimmermehr bereuen, dass du Bist ein Wesen des unendlichen Begabens wie der Herzenswonne, die daraus ersteht. In diesem Kontext sind und waren ganze Geisterkolonien eng und gutgelaunt, felsenfest und friedevoll mit dir verbunden, um dich mit der Gabe göttlicher Usanz in reichem Masse zu versehn. Das zu erkennen ist die Quintessenz von deinem Wichtelmännchentum, die dich ins Götterlichte transponiert wie an den Lichthof Meiner Grazie und Gründlichkeit in Sternenleben.

7.18

Dir soll es ebenso wie Mir bewusst sein, dass sich der gezielte Einsatz deiner Geisteskräfte lohnt im Kampf ums gottgefällige Erleben. Ich verspreche nur was sich in langen Phasen des Erprobens als salut und wirkungsvoll erwiesen hat im Seinsverfahren, das Ich Meinen schöpferischen Aktionen regelrecht zugrundelege.

Es besteht ein Gleichnis zwischen dir und Mir, unter dessen Effizienz und Fabelhaftigkeit wir alleweil aufs Köstlichste und Heiterste gedeihen können. Das dürfte dir plausibel sein und dich dazu motivieren, alles, was von Mir kommt, anstandslos zu akzeptieren als gediegen, gottgewollt, weiterführend und zutiefst erhaben.

Was es bringt ist alleweil bei Mir und Meinem götterlichten Anfang zu erfragen. Das ergibt ein Bild der Klarheit über Meine Absicht und Mein Wesen, das beglückt und dir die Sicherheit gewährt, an der dir doch wie nichts gelegen.

Was gilt bei Mir ist gültig für Äonen und kann von jedermann als Leitsatz, Seinsgesetz und wirkungsvolles Manifest betrachtet und für sich verwendet werden. Das schafft eine Ambiance von Wohlverstand und Sitte, Ehrenhaftigkeit und Plausibilität in einem Ausmass, das sowohl dir bestens ansteht und einer Zukunft angemessen ist, die vehement und sieghaft ins unendliche zielt.

Deine Pläne sollen in den Meinen fest verankert und vertaut als wie im sichern Hafen liegen. In dieser Perspektive wird auch jede Ausfahrt und Erkundung mit Erfolg und reichem Fang gekrönt sein, die von der Schutzmacht zeugen, die Ich jedem kämpferischen Team und Trachten weise, wissentlich zur Seite stelle, um den Triumph zu garantieren, der ihr auch gebührt.

Ich Bin der Mittler zwischen Ost und West, sowie die Mitte zwischen allen sinnbegabten Aktionen und Erhebungen in Meinem Reich und Reichtum, die von Geisteskraft, Gutmütigkeit, Geduld und Sonnenhelle triefen. Mein Wohlverstand und Meine Haftung für das Universensein sind Legion und können niemals und von noch so sagenhafter Tüchtigkeit und Tatkraft überboten werden. Mein Credo ist für alle, die es inniglich gewahren können, in das Sternenall geschrieben und versieht sie mit der Wonne der gerechten Gottes und der Liebeskraft dafür.

7.19

Musst du denn immer so pressiert sein, wenn es darum geht, ein Stelldichein mit Mir und Meinem Team zu zelebrieren? Bin Ich es denn nicht wert, mit aufmerksamer Achtung, Ehrfurcht und Entschiedenheit bedient und anerkannt zu werden. Es fällt Mir auf, mit welchem Aufwand du in alle möglichen Projekte tappst, an Meinem jedoch achtlos und geschwind vorübereilst in deiner Hast und Hurtigkeit am Leben.

Geschwind, geschwind muss alles über deine zwitterhafte Bühne gehn, derweil die Meine leer bleibt und gemieden. Die Konsequenz davon ist, dass du bitteres, zermürbendes, verwirrendes, blamables und bedrückendes erfahren musst am Laufband deines Sputens.

Kommt es dich endlich an, dich auf das Wesentliche zu besinnen, das du Bist und dem du bis aufs Blut verpflichtet bist in deinem tragischen Dich-in-dir-selbst-Gewahren, ist es höchste Eisenbahn für dich und dein Gestikulieren. Ich seh dich wie im Spiegel rennend, brennend und geruhe deine Sprünge anzuhalten, um dir entsprechende Versäumnisse grosszügig zu ersparen. Auf Meine Geste trittst du ein und wirst von Mir als ein begehrter Gast und Günstling, Sonnenpfeifer und Garant für Seinsgediegenes behandelt, gerade so, als wär es immer so gewesen.

Nun gilt es für dich tüchtig nachzuholen, was du in frevelhafter Art versäumt und ausgelassen hast in deinem höchst blamablen Auf-der-Stelle-Treten. Der Gang zu Meinen Höhen tut dir wohl und bestätigt dich in allem, was du wahrhaft Bist und was in deinem Kommen und Vergehn von Mir gewollt ist seit Äonen. Dein Kapitel ist noch lang nicht vollgeschrieben und deine Art muss nach wie vor die Meine werden in glückseligem Erinnern an die Stätte deines Ursprungs wie im letzten, steilen Aufstieg zum ersehnten, wonnevollen Ziel.

7.20

Quirlige Dressmaker umfloren dein Haus und tanzen einen schillernden Reigen, bevor sie ihren Job beginnen mit Faden, Nadel, schnittigen Scheeren und Fingerhüten, süssen Zuckerstöcken zu vergleichen. Was immer kleidsam ist geht auf ihr Konto und versieht die Welt mit einem Schick und Outfit sondergleichen.

Malst du dir etwas aus, so leih Ich dir dazu den Borstenpinsel, damit du dir statt Tadel Lob und anstatt schnöde Worte blitzende Dukaten einheimst von der Gönnerschaft, die dich bemüht hat, ausgezeichnetes zu leisten.

Wes du dich entledigt hast, kann dich nimmer drücken, zwicken oder dir den Pelz verlausen, wie`s die Flöhe bei den Bären tun, mit ihrem übermütigen Gejucke und Gekriech durchs Haargestrüpp tagsüber wie im nächtigen Rumoren. Dein Gemüt soll sich mit figalanterem befassen, dem du höchste Achtung zollst, statt es mit einem

Handstreich totzuschlagen. Ganze Völker sollen sich an deinem flinken Zungenschlag erfreuen, wie ob deiner Kenntnis der geheimsten Dinge und Verstiegenheiten im Quartier.

Bei Mir kannst du statt Krempel Kunst und währschafte Belehrung und Belustigung erwarten. Mein Weistum strömt in silberhellen Seinskaskaden zu dir nieder und beglückt dir Herz und Sinn mit strahlender Bewusstheit von allem was du Bist und was Ich Bin im Universum seelenvoller Taten. Nicht dem Gemeinen sollst du frönen, sondern dem erhabenen Geflüster grandioser Geister, die sich Mein Weistum, wenn nicht mit Kellen, doch mit schöpferischem Flair und Flaum und Rüstmass eingelöffelt haben.

Im Wesentlichen komme Ich Mir selber bei und sollst auch du dir kommen, in der Weise der Begründer ihrer Welt in eigener Regie. Das ergibt die Ordnung, die Ich alleweil erstrebt und in Mir eingemittet habe. Sie schafft beglückendes Gemurmel und hinterlässt in den Gemarkungen des Seins markante Spuren, die auch für dich und alle die da *sind* im selben Mass und Muss und Muskatnuss geziemend Geltung haben.

7.21

Von Mir abgestraft wird, wer es sich erlaubt mehr als andre vorzupreschen ohne Meinen Dienstbefehl. Ungeheuer sein zählt bei Mir zu den Vergehen, die das Gros der Weltenpläne, die Mir eigen sind, empfindlich stören und schon deshalb einer stikten Remedur bedürfen.

Was du immer unternehmen willst, muss zum vornherein von Mir bewilligt und gebührend abgesegnet werden, damit in Meinem Reich kein Mangel eingeschleust und breitgeschlagen werden kann. Pflichtest du Mir bei, wirst du künftig unter Meiner genialen Leitung ausgezeichnetes vollbringen, dem man seinen Ursprung schon von weitem ansieht und ihn gelten lässt mit dem Respekt der ihm im Innersten gebührt.

Wo es hoch und heftig zu und her geht, kannst du sicher sein, dass *Ich* Meine Finger mit im Spiele habe. Da Bin Ich im Element mit Feuerflammen, wo ausserordentliches aufgebaut und mit vollendetem Elan geleistet wird im Schauspielhause, dessen Duktus und Direktion, Berechtigung und Raisonnement Ich innehalte.

Bin Ich in aller Form und Fertigkeit, Fabelhaftigkeit und Feinheit so, so kann Ich dir nur strikt empfehlen, genauso sinnig, stimmig und entschieden vorzugehn, um wunderbare Resultate zu erziehlen.

In Meinem Haushalt fühlst du dich wie unter einem königlichen Baldachin. Alles ist aufs Liebenswerteste herausgeputzt nach Meinem Standard und Belieben und benimmt sich so wie man es auch erwarten kann in einem Milieu von göttlicher Gepflogenheit, Wahrhaftigkeit und Strategie. In Meinem Orden geht es wie erwartet ordentlich und selbstbewusst, konzentriert und lebhaft zu und her, damit so viel wie möglich hängen bleibt an den so interessierten und versierten Seelen. Erst nach dem Meeting kann es dann so richtig losgehn mit dem Üben und dem Sich-mit-einer-intensiven-Geistigkeit-Versehn. Die Gemüter kochen vor Begeisterung am neuen Sein, das sie sich freudevoll errungen und sind mit stolzem Mut bereit, auf diese Weise fortzufahren. Das beschleunigt ihres Gut- und Besserseins Begierde und hebt sie himmelhoch hinauf zu ihrem gottgesegneten, währschaften und bewundernswerten Wohl.

7.22

Die Normannen müssen ihren dichten Fellen gemäss vortreffliche Jäger gewesen sein. Die heutigen stürzen sich auf Geld und Gold, um ihren Jagdtrieb zu befriedigen. So fügen sich vergangenes und gegenwärtiges im Seinsprinzip zusammen, das den vifen Schwerenötern ihren Lebensgrund und -geist beschert.

Hinter all dem steckt der fulminante Lebenswille, der die stämmigen Gemüter dazu antreibt, systematisch, rechthaberisch und höchst erfolgreich vorzugehn, um schliesslich einen kapitalen Vorrat anzulegen, dem sie nimmer den Garaus bereiten können

Was wäre zu erwarten? Dass sie ihre Schätze mit den weniger Begabten teilen würden, grossmütig und verständig, feinfühlig und gewissenhaft im Sinne der Geschwisterschaft, mit der sie wesentlich und wissentlich und über sich und unter sich verbunden sind.

Willst du das Heu mit Meinem auf derselben Bühne eingelagert haben ist die Frage, alleweil zu deinem wie zu Meinem Wohl. Ich stelle dazu Räume zur Verfügung über alles Mass und lasse dich in ihrem Umfang füglich schwelgen ob der Pracht, dem Duft wie der Bekömmlichkeit, die diese deinem Seelensein bereiten.

Warst du soeben ausser dir? Wie sehr ist das zu wünschen Meinerseits wie auch von deiner Seite, die wie nichts darauf erpicht ist konkretes aus der Geisteswelt, in der Ich Bin und wese, zu erfahren. Bist du auch noch weit entfernt davon, so ist es doch ein Ziel, aufs Äusserste und Innigste, Bedenklichste und Aufschlussreichste zu erstreben.

Wer Bist du denn, dass Ich dir solche Pflichten und Begehrlichkeiten auferlege? Ein von der Dreifaltigkeit erschaffenes voll Sorgfalt hochgezognes Wesen, das im Denken, Fühlen, Wollen ebenso dreifaltig ist wie sie. Daraus resultieren Synergien von enormer Durchschlags-

kraft und Deutlichkeit, Mustergültigkeit und Seinsgewissheit unter Meiner partnerschaftlichen Regie. Das
hat noch keiner je bereut, dem sie in seiner Heldenhaut
aufs Trefflichste gediehen. Vielmehr sind sie ihm
erschienen als ein Wunder der Barmherzigkeit des
Götterseins am Sein und Leben, wie der Wonne und
Glückseligkeit, Erhabenheit und Wohlgeborgenheit in
Ihm.

7.23

Kontunierlich sickert die Wahrheit über Meine Seins-
gepflogenheiten in deine Herzensstube und bereitet
deinem unumgänglichen Gehaben einen Wohlgeruch
von nie verebbender Bravour. Das heisst für dich, dass du
noch viel und immer mehr von Meiner grünen Seite her
zu hoffen hast und zu gewärtigen aus lauter Liebe, die Ich
wunderbarerweise für dich hege.

Meine Meinung ist gefasst in Bezug auf alle, die sich firm
und fest dazu entschlossen haben, Mir und niemand
anderem zu dienen und damit in der Menschenwelt
Versöhnung, Friedefertigkeit und harmonisches
Geflüster zu verbreiten. So wie Ich dem Weltsein
gegenüber aufgeschlossen und gestimmt Bin, muss sich
alles, was darin floriert und lacht und lebt, unweigerlich
zum Guten wenden, eben weil Ich wohlgemut, verschwenderisch, fürsorglich und gelassen hinter allem
steh. Vorerst sind nur wenige mit dem, was Ich für sie
und ihren stattlichen Betrieb bedeute, einverstanden. Sie
wähnen sich allein gelassen, derweil Ich doch mit
unermesslicher Geduld und gutem Willen akkurat um sie
verbreitet Bin, um ihren Haushalt wie ihr Netz von
Seinsbeziehungen aufs Allerbeste zum Erfolg zu führen.

Es gibt Bedingungen des Seins und Lebens, die auch für
dich besondere Bedeutung haben, damit du weder in die
Irre noch ins Jenseits aller guten Dinge driftest in den

Komplikationen, die du laufend dir bescherst. Ich Bin dafür, dass du dich wie mit einer rosenfarbnen Brille durch dein Sein bewegst, um damit alle deine Aktionen mit einem hochwillkommnen Touch und Anstrich zu versehn. So viel Minne, Mustergültigkeit und stoische Manieren traue Ich dir ohne weiteres wie restriktives zu und lasse dich im übrigen, so wie du's eben willst, aufs Trefflichste gewähren.

Alle deine Wege laufen schliesslich in den einen, Meinen ein, um sich darin in einer wohlgelungnen Geisteswonne vollends zu verlieren. Alles, was Ich für dich Bin, ist Wohlfahrt, Tunlichkeit und überragendes Genügen, an dem du dich ergötzen und erbauen kannst in deines Daseins klassisch aufgemachter, zauberhafter Daseinsmelodie. So sei es wie es *ist* in deinen götterlicht beseelten Breitengraden.

7.24

Patriotisch willst du vorgehn, dann trete erst einmal ins Reich der göttlichen Gewandtheit ein und etabliere dich in ihm mit Sang und Klang und mit dem Willen dich nimmermehr von ihm und seinen klassischen Besonderheiten abzuziehn.

Ich lächle, wenn Ich dich so seh mit deinen langen Haaren und den märchenhaften Tätowierungen auf Brust und Backen, welche dir den Hippie Look verleihen im Theater, das du spielst. Äusserliches lässt bestimmt auch auf das Innerliche schliessen und lädt dich dazu ein, Vertrauen oder Abscheu zu empfinden vor der kreativen Kreatur.

Willst du dich konsolidieren, nimm dich der überwältigenden Weisheit an, die Ich vorsätzlich und gewandt um Mich verbreite. Das geschieht im Rahmen Meiner Kunst zu sein und zugleich mit enormem

Aufwand die Weltenevolution und kosmische Betrieb-samkeit voranzutreiben.

Ich gehe nimmer fehl mit dem, was Ich Mir ausgeheckt und säuberlich ins Buch der Zuversicht und Zukunft eingeschrieben habe. Bin Ich schon von A nach B gegangen, muss bei Mir durchs ganze Alphabet gewan-dert sein, bis Ich Mir für eine Weile Auszeit gönne im Äonenlauf hinieden.

Ich ziehe dich unweigerlich und kunstvoll zu all dem hinan, was Ich Mir tag und nächtig vorgenommen habe. Dann entlasse Ich dich in das eigene Begehren, damit du einsiehst, was es heisst, auf eignen Füssen, Zehenspitzen und Erfahrungen zu stehn. Das geschieht ob deinem orgueil mehr zu sein als bisher und sogar in Götterkreisen zu verkehren, die dich noch so gern in ihre geisterfüllte Mitte integrieren.

Immer muss es sich um das Verständnis dessen, was du Bist und darstellst handeln, wie um deine Fähigkeit in Geistestiefen statt ins Erdreich vorzustossen. Meine Hände sind nicht hohl, sie strömen dir bewusst und kräftig Gottesweisheit, Lebenssinn und Menschlichkeit entgegen. Meine Absicht ist es, dir ein Weltensein zu präsentieren von beglückender Gemeinschaft mit den vielen, wie mit einem friedevollen Miteinander-in-die-Zukunft-Schreiten. Das ist Mein Wille und soll auch der deine werden in der Wonne am gottseligen Allhier.

7.25

Was immer du dir leistest, fällt Mir einstens in den Schoss, derweil das Meine schlittert in den deinen. So ist zwischen uns ein steter Austausch und kapriziöser Dialog vorhanden, der unser Sein befruchtet und aufs Wohl-gefälligste belebt. Von Würde und Vertrauen gibt es da zu reden, von weltlichen wie überirdischen Gebräuchen, die uns von A bis Z durch die gespannten Nerven gehn.

Was immer Ich im Schilde führe ist in wohlgeformten Lettern vor dir ausgeschildert, doch sind sie dir ein Rätsel alsolange bis du wissen und empfinden kannst, was Ich mit ihnen meine. Wohl steht es dir an, Mein Sinngedicht, Gerede und herzinniges Gelispel tunlich und gedankenvoll verstehn zu wollen. Doch bist du meistens restlos überfordert schon mit dem, was eine Binsenwahrheit ist für Mein weltenmännisches Bedenken.

Wüsstest du, wie nah Ich deinem, von Mir auserwählten, Wesen Bin, müsstest du in ehrfurchttriefender Erkenntnis in ein abgrundtiefes Nichtigsein verfallen, aus dem Ich dich mit väterlicher Huld und Ungeduld sogleich zu Meinem Fürstenthron erhebe.

Was dir Not tut sind Gewissheit über Meine Existenz, sowie gewissenhaftes Forschen nach all dem was Ich dir Bin und was du Bist in Mir und Meinem universenweiten Stelldichein mit Meinen hochverehrten Lieben.

Kannst du rechnen, so verrechnest du dich ganz bestimmt in dem, was Ich für dich bedeute und dir frei heraus vermittle aus den Seinsgewölben Meines weltenweiten Disponierens. Insofern sind Meine Türen immer offen, sowie du dich dazu ermannst, durch sie hindurchzugehn, um deinen Hunger nach Gerechtigkeit am Sein zu stillen ständig mehr.

In Tat und Wahrheit Bist du schon gerettet, derweil du dich verloren wähnst, und *Bist* ein freudestrahlendes Juwel in Meiner Arme Bund und Bündnis, Seinsergriffenheit und Herzenswohl.

7.26

Migration ist bei Mir gross geschrieben, wenn es darum geht Meinen Liebeshimmel zu bevölkern und in ihm ein Cape der guten Hoffnung zu errichten. Denn dort ist Meine Bleibe und soll auch die deine werden nach langer Wanderschaft zum hocherhabenen Ziel. Meine Gattung ist wie nichts dazu geeignet, grandiose Taten zu vollbringen und die deinen in dir noch dazu. Das wirst du im Nu begreifen, wenn dir die Seelenaugen aufgegangen sind im überirdischen Erstaunen über das, was du dir Bist und was zu leisten du befähigt bist, in deinem non-chalanten In-die-Weite-und-die-Breite-Streben.

Ich Bin dein guter Vetter, Vater und Verbündeter schon immer dort gewesen, wo es für dich brenzlig und bedauerlich geworden war. Das hat seinen guten Grund, weil Ich viel mehr als nur in einem Winkelchen dich selber Bin und deine Angelegenheiten sinngemäss und sicher, tatenfroh und virulent zum Allerbesten führe.

Kennst du die Perlenfischer welche Capri`s Strand mit ihrem träfen Tun bevölkern und ihm das Kolorit der Anmut und Begeisterung am Sein verleihen? So etwas soll auch deinem sinnerfüllten Dasein eingefügt und eingemittet werden, damit dein Lebensglück komplett ist durch die Fülle Meiner Liebestaten.

Ich wirke, walte, wimme und bestimme an der Welt so viel wie Ich für tunlich und befriedend halte. Meine Absicht, Ansicht und Verbindlichkeit mit ihr ist immer götterlicht, beschaulich und integer, wohlfeil, rücksichts-voll und mütterlich gewesen. So vertraut Bin Ich mit allem, was Ich Mir erschaffen habe, dass Ich es von aussen wie von innen bestens kenne und zu Meiner Angelegenheit ernenne, unaufhörlich, seelenvoll und unfehlbar.

7.27

Ich spinne Meine Fäden sorgsam und erfolgreich über Welten hin, denen Ich zutiefst verpflichtet Bin im Andersartigen. Merk auf, wenn Ich dir zu verstehen gebe, dass in Meinem Fall und Nachhall das verborgen liegt, wes du bedarfst, um heiter und gelassen durch dein Daseins Wunder durch das Leben zu flanieren.

In den allermeisten Punkten und Besorgungen, Perforationen und Entschiedenheiten setze Ich Mich schlankweg durch, wo du dich an dir selbst verplapperst und weder aus noch ein weisst ist in der Folge deiner Missetaten. Scheint dir Meine Hilfe recht und gut, so kann Ich sie dir figalant und folgenreich gewähren. Den eigentlichen Umsturz Mir entgegen musst du jedoch selber inszenieren, damit er dir zum Lohn gereicht in deinem vehement gezognen und gestossnen Tuten.

Ich lasse dich ganz nah an Mich heran, damit du spürst wie viel an Energie, Gerissenheit und Tatendrang Ich intus habe. Willst du ob deinem Eifer regelrecht in Brand geraten, lösch Ich dir die Feuerzüngelchen behänd und sicher wieder aus, damit sie nichts Versengen in der Weise der verliebten Narren, die in ihrer eignen Rotflut untergehn.

Triffst du auf Härte geht es Mir darum, sie lässig aufzuweichen, damit dein Durst nach Milde und Ergebenheit gestillt wird in der natürlichen Bescheidenheit, die Mir zu eigen.

Noch so niederträchtig und banal mag einer sein, Ich verleihe ihm den altgewohnten Glanz und die Befugnis wieder als gewiefter und gesunder, pausbackiger und edler aufzutreten auf der Bühne allgemeinen Wohls. Nicht du allein trittst in Erscheinung, immer Bin Ich mit im Spiel in deinen Niederungen und Exzessen, Reumütigkeiten und Ergebenheiten in dein Schicksals wundervolle Strategie. Meine Weisheit ist noch immer deiner hundertfältig überlegen und strafft statt straft dein Sinnen und Begehren Mir und Meiner Redlichkeit entgegen. Was Ich wirke ist so hell und gütig, dass es aller Welt zugute kommt im überragenden Gesellschaftsspiel, das Ich bewusst und wonnevoll betreibe.

Damit ist gesagt, was Ich schon lang und breit mit Mir durchs Dasein trage, um den vielen Fragen, die da *sind*, zuvorzukommen und ihnen die gerechte Antwort zuzuhalten, akkurat für dein gewissenhaft, gutmütig, gläubig, ernsthaft und geziemend wonnevoll zu Mir und Meinem Universenraum erhobenen Gehör.

7.28

Bahnbrechend ist, bedächtig und bedeutsam, was Ich ständig, weltweit, minutiös und kleinkariert kreiere. Was dir eben noch grotesk erschien, ist von Mir zur Minne am Gerechtsein aufgelöst und mit dem Zauber reiner Wonne ausgestattet worden. Weisst du nicht weiter ob den bissigen Beschuldigungen dich betreffend, lege Ich die Hand für dich ins Feuer, um den bizarren Sprengsatz zu entschärfen und erneut die Harmonie und Heiterkeit zu etablieren.

Grundsätzlich trifft auf Mich die Rede zu von der Verwaltung und Gestaltung aller Lebensdinge nach dem Ideal, das Ich bis dato götterlicht verwirklicht habe. Mag das auch über schillernde Äonenläufte, Korrekturen, Sanktionen und erstaunliche Befriedungen gezogen sein, sind die Prinzipien des Vorgehns seinsstabil, agil und wunderbar konstant geblieben.

Wer das geschafft hat, muss von jedermann mit gläubigem Respekt und kapitaler Ehrfurcht als das Höchste anerkannt und gutgeheissen werden. Kein

Deuteln nützt dir da und keine Frage nach den Sinn kann deine Weisheit stärken, nur das Akzeptieren und das treue Mitziehn hilft dir über alle Runden wegzukommen mit unendlicher Bravour.

In Mich versunken wirst du deines wahren Seins gewahr und darfst dich in die Götterwelt erhoben und in ihr geborgen sehn. Deine Lebenssehnen sind gestählt, du Bist in Mir dich selbst geworden und dein Ansehn in der Geistwelt ist mit aller Konsequenz bis ins Unendliche gestiegen. Es ist nur noch das Eins- und Einigsein das zählt im Himmel des Gerechtseins wie der Unergründlichkeit der Sternenweiten.

Jeder Einzelne trägt in sich alles und das All birgt alles Einzelne in sich in liebevoller Deutung und Bedeutung, Relevanz und überragenden Perfektion. Die Liebe herrscht wo noch von Herrschertum gesprochen werden kann und alle Wesen sind sich einig über ihren Wert und über die Beglückung, die sie auslöst und damit die Welt erlöst ins wonnevolle Göttersein, beseligende Lichterscheinen und unendliche Befrieden.

Ludwig Weibel, geboren 1933
Lebt in CH-9200 Gossau/St.Gallen
Homepage: www.das-sein.ch
E-Mail: ludwig.weibel@hispeed.ch